Erik D. Schulz

Eric und Emilia:

Lehrzeiten

Erik D. Schulz

Eric und Emilia:

Lehrzeiten

Delfy International Publishing

Covergestaltung Guter Punkt aus München unter Verwendung von Alamy Image ID P7FNR4

Herstellung: BoD – Books on Demand, Norderstedt
Printed in Germany

Alle Ähnlichkeiten mit lebenden oder verstorbenen Personen (insbesondere mit dem Autor), realen Handlungen und Orten wären rein zufällig. Es handelt sich um eine fiktive Geschichte.

facebook.com/ErDSchulz
www.edschulz.de

ISBN 978-3-9826390-9-3

Bibliografische Information der Deutschen Nationalbibliothek: Die Deutsche Nationalbibliothek verzeichnet diese Publikation in der Deutschen Nationalbibliografie; im Internet über http://dnb.d-nb.de abrufbar.

Mein Dank gilt meiner Familie, meinen Lektoren Dr. Gregor Ohlerich, Dr. Patrick Baumgärtel (stilistisches Korrektorat) und Stefanie Groß (abschließendes Korrektorat); Markus Weber von der Agentur für Gestaltung Guter Punkt sowie Murielle Rousseau von der Agentur für Presse- und Öffentlichkeitsarbeit Buch Contact.

1

Bereits auf den ersten Blick erlag ich ihrem Charme, der so natürlich wie eine angeborene Eigenschaft wirkte. An den Seiten ihres schlanken Halses lagen Wellen schwarzen Haares, das sie wahlweise mit den Fingern ordnete und hinter die Ohren schob oder nervös schüttelte. Im hellen Licht des Cafés schien sie blass, doch selbst über drei Tische hinweg erkannte ich die Reinheit ihrer Elfenbeinhaut. Auf ihrem Gesicht lag ein Hauch von Traurigkeit. Durch das Gewühl fing ich ihren Blick auf, der klar und gütig war und mein Herz bis zum Hals schlagen ließ. Sie lächelte mir zu, ich lächelte zurück – ein Moment für die Ewigkeit.

Das Wunder war schnell vorbei, der Blickkontakt riss ab. Zu den Rhythmen von Bronski Beat und Depeche Mode wogte die Menge. Ich hätte zu ihrem Tisch gehen und sie zum Tanzen auffordern sollen, aber mir fehlte der Mut. Gab es in dem Raum überhaupt jemanden, der verletzlicher und schüchterner war als ich? Für eine derart couragierte Aktion wäre mein Freund Alex an meiner Seite notwendig gewesen.

Alex hatte mich jedoch versetzt. Da es mitten in der Woche an Alternativen fehlte, hatten wir uns unter dem Fernsehturm verabredet, obwohl uns die spießige Atmosphäre wenig behagte. Hier gab es nur Lackaffen und schrille Popper, nicht einmal Bier. Und da Alex nicht erschienen war, saß ich mit wildfremden Leuten an einem Tisch und kippte einen Cola-Vodka nach dem anderen.

Die Schönheit der Unbekannten und ihre Unerreichbarkeit deprimierten mich. Hatte nicht alles Anziehende und Schöne, das einem tief ins Herz dringt, einen Ursprung im Schmerz?

Verstohlen blickte ich noch einmal zu ihr. Sie tanzte mit einem Typen, der ein viel zu großes T-Shirt trug, auf dem im Rhythmus der Musik eine Lederkrawatte wippte. Er hatte Dauerwellen und redete ohne Unterbrechung auf sie ein, bis sie sich plötzlich abwandte. Dann war sie verschwunden und auch mich hielt nichts mehr in dem Laden.

Ich holte mir meine Jeansjacke mit dem selbst gestickten Rory-Gallagher-Logo von der Garderobe und ging hinaus. Das Café lag im ersten Stock; außen führte eine Balustrade entlang. In der frischen Herbstluft merkte ich, dass ich einen Schwips hatte. Alkohol versetzte mich normalerweise verlässlich in redselige Stimmung, an diesem Abend aber steigerte er nur meinen Blues.

Draußen blieb mir der Atem weg. Das Mädchen, einen Augenblick zuvor für immer verloren geglaubt, stand nach vorn gebeugt am Geländer und blickte gedankenverloren auf den Betonboden. Ihr Körper neigte sich über den Handlauf, sodass ich fürchtete, sie könnte in die Tiefe stürzen. Während ich erstarrte, drehte sie ihren Kopf in meine Richtung. Blitzten da Tränen in ihren Augen?

Eine S-Bahn fuhr polternd in den gegenüberliegenden Bahnhof ein und zog einen Lichtblitz. Bis auf wenige Nachtschwärmer war der Platz vor den Rathauspassagen unter uns wie ausgestorben. Die kalte Herbstluft bildete vor meinem Mund weiße Wölkchen.

Sie stand immer noch da, jetzt aufrechter, nicht mehr so, als könnte ihr die Schwerkraft beim kleinsten Windhauch etwas antun. Das war meine Chance. Bei aller Scheu hätte ich es mir nie verziehen, sie jetzt nicht anzusprechen. Ich rieb mir die Hände und ging langsam zu ihr.

„Hallo.“

Mehr als dieses eine Wort brachte ich nicht heraus.

Sie wischte sich mit dem Jackenärmel über das Gesicht und lächelte.

„Hallo“, erwiderte sie.

„Eric“, stellte ich mich vor und reichte ihr die Hand. Sie nahm sie und drückte sie sanft.

„Emilia.“

„Da drin“, sagte ich und deutete mit einem Blick auf das Café, aus dem gerade der Sound von Kool & the Gang wummerte, „nicht falsch verstehen, aber da hast du mich echt deprimiert.“

War es der Alkohol oder war ich wirklich so dämlich? Warum rutschte mir ausgerechnet das über die Lippen, was ich in meiner Einsamkeit empfunden hatte? Warum begann ich ein Gespräch mit einem umwerfenden Mädchen gerade auf diese Weise? Ich hasste mich auf der Stelle dafür, senkte den Kopf und flehte das Schicksal an, es möge mir eine zweite Chance geben.

Emilia schaute mich ungläubig an.

„Du bist ’n bisschen hacke, oder?“, erwiderte sie entschieden und doch auf eine unterschwellige Art verständnisvoll. „Ich hab heute schon genug blödes Gelaber gehört, weißt du.“

Schnell hob ich beschwichtigend die Arme. „Darf ich

dir das kurz erklären?“

„Ich bestehe drauf!“

Ich atmete durch und versuchte, das Ruder herumzureißen. „Mich hat einfach deprimiert, dass ich nicht wusste, wie ich an dich herankommen soll, zum Tanzen. Wegen der ganzen Leute um dich rum und weil du so beschäftigt warst mit deinen Freundinnen, und weil …“

Forschend musterte sie mich.

„Und weil?“, bohrte sie nach. „Du hattest also nicht die Traute, mich zum Tanzen aufzufordern. Und das soll alles sein?“ Sie lächelte verschmitzt und stupste mich in den Oberarm. „Weißt du was, du Eric, das glaube ich dir nicht. Jetzt mal raus mit der Sprache: Was deprimiert dich wirklich an mir? Und überzeuge mich möglichst mit einem triftigen Grund, sonst drehe ich mich um und gehe!“

Ich umklammerte die Balustrade und schluckte.

„Du schienst so … so unerreichbar. Und da hat mich deine Schönheit deprimiert. Ich weiß auch nicht genau, warum. Sie leuchtet von innen heraus. Außerdem bist du, glaube ich, ziemlich intelligent und hast einen starken Willen. Liege ich richtig? Aber wie auch immer, ich finde dich einfach toll.“

Emilias Augen strahlten, sie griff sich verlegen an die Nase und senkte einen Moment den Blick. Dann fing sie wie aufgedreht an zu kichern.

„Ich und intelligent? Das soll wohl ein Witz sein? Bisher hat’s gerade mal für ’ne Lehre gereicht. Huh – in Ordnung, Eric. Du hast mich zwar überzeugt, bist mir für den Quatsch aber trotzdem was schuldig. Bringst du mich zu meinem Hotel?“

Ich sah sie überrascht an. „Ja, klar. Du bist nicht aus Berlin?"

„Nein, ich bin hier auf Klassenfahrt mit meiner Lehrgruppe. Chemiefacharbeiterin bei Brandenburg."

Wieder lachte sie auf, als wäre dieser Beruf die absurdeste Beschäftigung auf der Welt. Ihr Lachen war ansteckend.

„Und wo ist dein Hotel?"

„Draußen am Tierpark. Das Jugendtouristenhotel."

Kurzerhand machten wir uns auf und liefen hinüber zum Bahnhof Alexanderplatz. Dort stiegen wir die Treppen abwärts zur U-Bahn, wo uns der typische Geruch nach verbranntem Graphit empfing. Den kannte ich gut, denn ich arbeitete manchmal hier unten. An den gelb gekachelten Wänden hing neben Losungen zum XI. Parteitag der SED 1986 ein Plakat des Deutschen Theaters. Emilia blieb begeistert davor stehen.

„Sieh dir das an! Da war ich gestern mit meiner Freundin: Der *Kaufmann von Venedig*, inszeniert von Thomas Langhoff. Das war irre gut."

„Du interessierst dich für Theater?"

Sie zog mich an meiner Jacke und wir gingen die Treppen hinunter zur E-Linie. Rumpelnd und quietschend kam die U-Bahn aus dem Tunnel. Wir stiegen ein und fuhren in Richtung Tierpark.

„Ich lebe für das Theater", erzählte sie, während wir es uns auf den braunen Kunstledersitzen bequem machten. „Das macht mich glücklich und gibt mir Halt. Es ist so unglaublich schön, vor Publikum aufzutreten, vor Leuten, die mich sehen wollen."

„Glaub ich gern. Wo trittst du denn auf?“

„Im Lichtblick Theater in Rathenow.“

„Sagtest du nicht, du lernst was mit Chemie?“

„Schon. Aber jeder Tag im Werk ist ein vergammelter Tag, einfach sinnlos. Und die Lehrer bei uns haben alle einen laufen. Immerhin kann ich da nebenher mein Abi machen und mich auf die Aufnahmeprüfung vorbereiten. Ich will auf die Ernst Busch.“

„Wirklich? Ich hab gehört, das soll höllisch schwer sein.“

„Ein Albtraum“, bestätigte sie mit ihrer weichen und doch voluminösen Stimme. „Vor dem Eignungstest habe ich totalen Schiss. Da musst du zwei Rollen spielen, ein Lied singen und einen Text vorsprechen. Ich weiß wirklich nicht, ob ich schon gut genug für dieses Studium bin. Dafür brauchst du echte künstlerische Begabung.“

„Die hast du, ganz sicher.“

Sie lachte auf. „Nett, dass du das sagst. Danach gehts aber erst richtig los. Nach dem Eignungstest folgt die eigentliche Zulassungsprüfung, bei der du vor einer Kommission spielen musst. Da wird gesiebt ohne Ende.“ Sie nestelte an der Perlenkette über ihrem weinroten Oversize-Sweat-Shirt. „Trotzdem, die Ernst Busch, das ist mein Sehnsuchtsort, das soll der Türöffner werden. Dabei gehts mir gar nicht um Ruhm oder Geld. Ich will einfach nur gut werden und meinen eigenen Stil finden. Genau dafür steht diese Schule.“

Von Anfang an war mir klar, dieses Mädchen konnte keine angehende Laborantin aus der Provinz sein, die auf die Jahresendprämie hin fieberte. Ihre Aura und ihre sprühende Begeisterung für die Schauspielerei zogen mich in ihren Bann.

„Und was machst du?" Sie klopfte mit dem Handrücken gegen meine Jacke.

Die Frage erschreckte mich. Auf der Suche nach einer Antwort sah ich zur Fensterscheibe gegenüber, in der sich mein hageres, fein geschnittenes Gesicht mit dem Anflug eines Schnurrbarts spiegelte, die Haare hochgestylt wie Rod Stewart. Ich war ein schmächtiger Typ, der noch nicht genau wusste, was er wollte. Hauptberuflich arbeitete ich daran, zu mir selbst zu kommen, Ende ungewiss. Es war mir unangenehm, dass ich nicht ehrgeizig auf ein Ziel zusteuerte wie Emilia.

„Zurzeit bin ich noch Nachrichtentechniker", offenbarte ich kleinlaut. „Übrigens in einer Werkstatt hinter deinem Hotel."

„Nachrichtentechniker? Was ist das denn für ein … Ich meine, was genau soll das sein?"

„Wir reparieren den U-Bahn-Funk, kümmern uns um die Bahnhofsbeschallung, solche Sachen halt. Aber eigentlich will ich mein Abi nachholen und danach Medizin studieren."

Ein Medizinstudium bedeutete für mich eine theoretische Möglichkeit in weiter Ferne, weit wie ein Nebel in einer anderen Galaxie. Ernsthaft in Erwägung gezogen hatte ich es bis zu diesem Zeitpunkt nie – und mir auch gar nicht zugetraut. Dazu hätte ich meine Trägheit überwinden und mich auf den Hintern setzen müssen. Zum ersten Mal laut ausgesprochen, klang der Gedanke jedoch verheißungsvoll.

„Oh, das ist doch toll", begeisterte sich Emilia. „Wenn du jetzt anfängst, dein Abi zu machen, ist es längst nicht zu spät."

Ich genoss es, ihr zuzuhören. Sie schien interessiert, war zugewandt, nahm mich ernst. Schon um sie nicht zu enttäuschen, fasste ich den Entschluss, mich bei Gelegenheit zum Abendabitur anzumelden.

Wir fuhren in den Bahnhof Tierpark ein. Der nahende Moment des Abschieds schnürte mir die Kehle zu und ich brachte kein Wort mehr über die Lippen. Während wir die Treppen hinauf ins nächtliche Friedrichsfelde stiegen, spielte Emilia mit dem Reißverschluss ihres hellblauen Anoraks. Viel Zeit blieb mir nicht mehr; das Hotel lag nur hundert Meter entfernt.

Vorsichtig sah ich zu ihr hinüber. Sie schenkte mir einen zärtlichen Blick, wobei ihre Augen wieder diesen unfassbaren Charme ausstrahlten. Ihre Schönheit traf mich einmal mehr mit voller Wucht.

Auf halber Strecke zwischen Bahnhof und Hotel nahm Emilia schließlich meine Hand und drückte sie. Unsere Finger umschlangen sich und ertasteten die Energien des anderen. Die Berührungen ließen mein Herz rasen und meine Knie zitterten.

Das Hotel kam näher – ein schnöder zehnstöckiger Plattenbau. Vor dem spärlich beleuchteten Eingang blieben wir stehen. Wir waren allein. Emilia drehte sich zu mir, nahm meine andere Hand und drückte beide mit festem Griff. Dann kam mir ihr Mund entgegen, und wir küssten und umschlangen uns leidenschaftlich. In den Pausen fing ich mit den Lippen die Wärme ihres Haares auf. Die Süße und Innigkeit dieser Küsse mussten der Beginn von etwas Großem sein, spürte ich.

Doch zunächst kam der unabänderliche Augenblick des Abschieds. Sie entwand sich der Umarmung und wir sahen uns heftig erregt an.

„Sehen wir uns wieder?"

Sie nickte – und wie sie es tat, lebhaft, die Wangen gerötet, die Lippen glühend, riss mich hin.

„Das wäre sehr schön, Eric. Kommst du mich besuchen?"

„Auf jeden Fall. Sehen wir uns morgen?"

„Da reisen wir leider früh ab."

Nach einem letzten Kuss drehte sie sich dem Hotel zu und wäre vielleicht auf Nimmerwiedersehen verschwunden, hätte ich ihr nicht geistesgegenwärtig nachgerufen:

„Emilia, deine Adresse?"

„Nexö … Nexöstraße zwanzig", rief sie mir zu.

Glücklich und wie elektrisiert schlenderte ich zurück zum U-Bahnhof. Ich setzte mich auf eine Bank, ließ drei oder vier Züge vorbeifahren und genoss das süße Beben in mir, das Prickeln der Liebe, das ich zum ersten Mal erfuhr. Emilia fehlte mir von der ersten Sekunde an.

2

Es war Freitagvormittag. Meine Tante fläzte auf ihrem Ledersessel im Wohnzimmer. Sie trug nichts weiter als ein Nachthemd und las zum x-ten Mal *Roxelane* von Johannes Tralow. Dabei hätte sie aus den bis zur Stuckdecke gehenden Regalen Tausende andere Bücher wählen können. Sir Henry, ihr Labrador-Jagdhund-Mischling, kam schwanzwedelnd auf mich zu, als ich überrascht in der Tür stehenblieb.

„Was machst du denn hier?"

„Morgen, mein Schatz. Gib mir 'nen Kuss", winkte mich Tante Moni zu sich.

„Und?"

„Hab mich krankschreiben lassen. Mein Chef wird mal die eine oder andere Woche ohne mich auskommen müssen."

„Was hast du denn diesmal?"

„Da musst du deine Mutter fragen", entgegnete sie mit ihrer tiefen, warmherzigen Stimme und lachte trocken.

Wie immer hatte sie den Krankenschein von meiner Mutter, die als Internistin in einer Praxis arbeitete. Moni vertrat den Standpunkt, der Arbeit so viel Zeit wie möglich abzuluchsen, um sie besser mit Büchern, Musik und Filmen zu verbringen. Das Leben verging sonst ungenutzt im Handumdrehen.

„Da wird sich Mama ja gefreut haben", sagte ich, obwohl ich wusste, dass wegen Monis Bequemlichkeit regelmäßig die Fetzen flogen.

„Darauf kannst du wetten." Sie sah mich über den Rand

ihrer Lesebrille an und lächelte verschmitzt. „Du hast jemanden kennengelernt, richtig?“

„Wie kommst du denn auf die Idee?“, fragte ich verdutzt und merkte, wie ich rot anlief. Wie ich das hasste!

„Das sehe ich. Wie heißt sie?“

Ich verdrehte die Augen und prustete. Dann sprach ich Emilias Namen aus, was ein warmes Prickeln in der Brust auslöste.

„Und was macht sie?“

„Eine Chemielehre, will aber eigentlich Schauspielerin werden.“

„Ah, eine Idealistin – das Leben der Bohème. Da musst du aufpassen, die ordnen ihrer Arbeit alles unter, auch die Männer.“

Unvermittelt vertiefte sich Moni wieder in *Roxelane*. Ich ging in die Küche, wo das Frühstück schon auf dem Tisch stand. Moni kochte hervorragend und sorgte seit meinem Auszug aus dem Elternhaus ein paar Wochen zuvor rührend für mich. Der Zoff zwischen meinen Eltern war mir zunehmend auf die Nerven gefallen. Zu oft war der Jähzorn meines Vaters auf das fehlende Talent meiner dauerangespannten Mutter getroffen, Konflikte zu lösen.

Etwa zur selben Zeit war ich bei den Berliner Verkehrsbetrieben ins Facharbeiterleben gestartet. Heute hatte ich Nachtdienst, zum ersten Mal allein. Also ließ ich den Vormittag ruhig angehen, fütterte Sir Henry mit einer Leberwurststulle und las Zeitung. Eine halbe Stunde später kam Moni in die Küche geschlappt, um sich den nächsten Pott Kaffee zu brühen.

„Wann musst du los?“

„Gegen vier. Vor dem Nachtdienst ist noch so 'ne bescheuerte Brigadeversammlung."

„Oh je, sobald ich das Wort Versammlung höre, schlafe ich auf der Stelle ein", meinte Moni. „Selbst wenn ich mir die größte Mühe gebe, putzmunter zu sein, fallen mir nach fünf Minuten die Augen zu."

„Geht mir genauso. Das kommt, weil die immer dieselbe Sozialismusplatte runterdudeln."

Sie sah mich mit ihren klaren Augen an und lächelte spitzbübisch.

„Die große Erfüllung ist die Stelle wohl nicht."

„Nee, echt nicht."

„Sieh bloß zu, dass du da so schnell wie möglich wieder wegkommst. Du hast mehr drauf, als in der Nacht durch U-Bahn-Tunnel zu latschen und zu kontrollieren, ob irgendein Antennenkabel noch an der Wand hängt."

Wie immer vor der Mittagszeit forderte Sir Henry seine Parkrunde ein. Er streckte sich, hechelte und ließ sich auf die Vorderpfoten nieder. Moni kraulte ihm die Ohren.

„Gehst du mit ihm eine Runde Gassi?", fragte sie und Henry fing sofort an, mit dem Schwanz zu wedeln und freudig zu jaulen.

„Ich?"

„Ja. Es wäre nicht gut, wenn mich Kollegen während der Krankschrift draußen erwischen."

„Um die Zeit?"

Sie ließ den Einwand nicht gelten, drehte mir den Rücken zu und schlappte zurück zu ihrem Lesesessel.

Wie alle in der Familie wollte auch meine Tante, dass ich studierte. Dabei arbeitete sie als Sekretärin im Außenhandel und blieb damit selbst weit unter ihren Möglichkeiten. Immerhin war sie mit ihren Ratschlägen zurückhaltender als die übrige Verwandtschaft. Subtiler etwa als mein Großvater, der kurz vor seinem Tod zu meiner Lehre als Nachrichtentechniker resigniert gemeint hatte, damit würde ich nun in die Arbeiterklasse abstürzen. Er selbst war an der Arbeiter-und-Bauern-Fakultät seinem Schlosserdasein entronnen und hatte es bis zum Professor für Ökonomie gebracht. Meine Eltern, chronisch enttäuscht von meinen Schulleistungen, schlugen in dieselbe Kerbe. Mein Vater hielt mich, ohne es so zu formulieren, für einen Versager.

Ich schnappte mir Sir Henry und ging in den Schlosspark, wo ich überlegte, wie ich so schnell wie möglich Emilia wiedersehen konnte. Plötzlich traf es mich wie ein Schlag: So sehr ich mein Hirn auch durchwühlte, mir fiel ihr Nachname nicht mehr ein. Hatte sie ihn überhaupt erwähnt? Ihre Theatergruppe probte in Rathenow, sie wohnte in einer Nexöstraße, die Hausnummer irgendetwas in den Zwanzigern. Warum hatte ich mir die Adresse nicht sofort aufgeschrieben? Ich zog Sir Henry von einer Schäferhündin weg und beendete abrupt das Gassigehen. Die Vorstellung, Emilia durch meine Dummheit vielleicht nie wiederzusehen, versetzte mich in Panik.

Im Wohnzimmer zog ich den Atlas aus dem Regal und schlug die Seite auf, wo im Bezirk Potsdam die Stadt Rathenow verzeichnet war. Doch in diesen Maßstab waren nur die großen Straßen abgebildet, keine kleinen. Eine Nexöstraße fand ich nicht.

„Was hat dich denn gestochen?", fragte Moni, die mein

hektisches Blättern beobachtet hatte.

„Verdammt, mir fällt Emilias Adresse nicht mehr ein“, erklärte ich und ließ den Atlas zu Boden sinken.

„Dann ruf doch die Auskunft an. Irgendeine Lösung wird sich schon finden. Immer ganz ruhig.“

Also wählte ich die 181 und fragte ins Blaue nach einer Familie Meier, wohnhaft in Rathenow, Nexöstraße. Die Telefonistin jedoch erläuterte mir in trockener Amtsmanier, dass es in Rathenow keine Nexöstraße gab. Für Brandenburg exerzierte ich dasselbe durch. Ebenfalls Fehlanzeige.

„Das wars, ich finde sie nie.“ Ich hätte vor Verzweiflung heulen können.

„Die DDR ist winzig“, beruhigte mich Moni. „Jeder findet hier jeden wieder. Du musst systematisch vorgehen.“

„Wie denn?“

„Na, so viele Nexöstraßen wird es wohl nicht geben.“

3

Der Nachtdienst war für die Beschaffung des Kuchens verantwortlich. Vor dem Bäcker in Friedrichsfelde hatte sich wie immer am Freitagnachmittag eine lange Schlange gebildet. Endlich an der Reihe, kaufte ich glibberigen Pflaumen- und Rhabarberkuchen, genau die Sorten, die der Meister nicht mochte.

Ich hasste Meister Detlef Jansen vom ersten Tag an und die Abneigung beruhte auf Gegenseitigkeit. Dauernd schob er mir die Schuld für alles Mögliche in die Schuhe. In der Woche zuvor hatte es beispielsweise eine Störung der Beschallung auf dem Bahnhof Stadtmitte gegeben. Bei der Reparatur hatte Alex einen kapitalen Kurzschluss fabriziert und dem Verstärker das Leben ausgehaucht. Aber nicht er bekam dafür Abzug vom Lohn, sondern „Eeeeric".

So lief das immer. Regelmäßig erntete ich ungeduldige Seufzer, missbilligende Blicke und scherzhafte Sarkasmen – die gesamte Schikanenpalette rauf und runter. „Hat Eeeeric wieder den Schraubenzieher über beide Pole gelegt?" So in dem Stil.

Dabei bot ich ihm leichtes Spiel, denn ich war fachlich eine Null. Detlef wiederum kannte sich zwar in der Sache aus, hatte aber keinerlei Führungskompetenzen. Er machte auf cool und Kumpel, ohne eine Spur vertrauenswürdig zu sein. Die Abteilung versuchte er zu dirigieren, heraus kam Geschrammel.

Kurzum, Lust auf den Dienst hatte ich nicht. Trotzdem trottete ich wie jeden Tag zur Betriebswerkstatt Friedrichsfelde, kurz BwFi, und warf einen sehnsüchtigen Blick auf Emilias ehemaliges Hotel. Mein Arbeitsplatz befand sich in einem zweistöckigen Plattenbau mit einer schönen Aussicht auf die Werkhalle und die U-Bahnzüge, die auf den Gleisen auf ihre Reparatur warteten. In unserer Funkwerkstatt gab es Messplätze, Schränke mit Ersatzteilen und Werkzeug sowie stapelweise defekte Funkgeräte und Verstärker.

Im Raum neben Detlefs Büro fand die Versammlung statt. Ich stellte das Paket vom Bäcker auf den Tisch. Als Alex den Glibberkuchen auswickelte, grinste er. Der Meister telefonierte noch in der Machtzentrale, was wir durch die offene Tür mit gespitzten Ohren verfolgten.

„Ja, hier ist der Jansen", meldete er sich. „Was, Frank, schon wieder? Hat sich festgefressen? … Oh, nein … Ach hör auf, *du* hast doch nun wirklich gar keine Ahnung davon. Nein, Frank, lass es! … Pass auf, du bleibst jetzt da und ich schicke dir den Abschleppdienst."

Es ging um unseren neuen Werkstatt-Trabi. Er war binnen eines Monats zu einer Schrottmühle heruntergekommen. Alex und ich hatten eine Kurve zu scharf genommen und ihn auf die Seite gelegt, und Frank war mit ihm in einen Stapel Bahnschwellen gerast. Bei den Reparaturen hatten ihn die Mechaniker als Ersatzteillager verwendet und ausgeweidet.

Detlef erschien in der Tür. Auffällig an ihm war vor allem seine pomadisierte Frisur, vorn gelockt und hinten kurz, die Zielscheibe unserer Witze war. Da sein Körper die Bräune vom letzten Bulgarienurlaub bis tief in den Herbst bewahrte, trug er aus Eitelkeit ein weißes T-Shirt, damit der Kontrast augenfällig wurde.

„Jetzt ist wahrscheinlich auch noch das Getriebe hin“, lamentierte er und ließ betrübt die Arme hängen. Da fiel sein Blick auf den Kuchen. „Igitt, nicht schon wieder Obstkuchen! Na, Mensch Eeeeric, hatten die denn gar nichts anderes beim Bäcker?“

Meine Kollegen grienten und glucksten.

„Tut mir leid“, log ich. „Besorg mal in einem Neubaugebiet nachmittags ’ne Streuselschnecke. War alles ausverkauft.“

„Hättest eben morgens welche holen müssen. Mal ’n bisschen mehr Engagement“, beschwerte Detlef sich, sah mir dabei jedoch nicht in die Augen. Er sah mir eigentlich nie direkt in die Augen, fixierte stattdessen die Nase oder die Brust.

Schließlich setzte er sich, breitete seine Unterlagen aus und begann mit dem Ritual. Zunächst analysierte er frustriert unsere Arbeit, stellte erhebliche Mängel beim Umgang mit Störungen fest und mahnte in belehrendem Ton Verbesserungen an. Er forderte deutlich mehr Fleiß, Gewissenhaftigkeit und Verantwortungsbewusstsein. Dann rekrutierte er Teilnehmer für die Demonstration zum Republikgeburtstag am siebten Oktober, ein sinnfreies Schauspiel, das die eine Hälfte von uns abnickte und für das die andere eine Ausrede fand. Ich nickte ab, um meine Ruhe zu haben.

Normalerweise wären mir an dieser Stelle die Augen zugefallen oder ich hätte in Gedanken analysiert, welche Songs Ken Hensley auf welchem Uriah-Heep-Album geschrieben hat, warum er ausgestiegen und nicht wieder zurückgekommen war. Heute aber überfiel mich keine Müdigkeit. Meine Gedanken kreisten um Emilia und darum, diese Nexöstraße zu finden. Detlef berichtete derweil von der *Initiative Mikroelektronik* im Kampf der DDR um die Weltspitze. Die Partei wollte dafür junge Arbeitskräfte mobilisieren. Der Mann glaubte allen Ernstes an die höheren Ziele des Sozialismus.

Nach einer quälenden Fragerunde löste Detlef die Versammlung auf, und bis auf Alex diffundierte die Belegschaft langsam hinaus in den Feierabend.

„Ich wünsch dir was, Eric, und lass nichts anbrennen“, verabschiedete sich Detlef. Er wirkte unsicher, als könne er es nicht verantworten, mir allein das Kommando für den U-Bahnfunk von Ost-Berlin zu überlassen. Ein letzter Blick an mir vorbei, sein obligatorischer Spruch „Maximale Erfolge!“ und dann verschwand er endlich.

Ungeduldig schloss ich die Tür, um mich in Ruhe mit Alex zu unterhalten. Wir arbeiteten eigentlich in derselben Schicht, aber er hatte seinen Dienst getauscht, weil er am nächsten Morgen an die Ostsee fahren wollte. Wir setzten uns an unsere Arbeitsplätze und stellten Musik aus dem Kassettenrekorder an.

„Ich hab gestern eine in der Turmdisco kennengelernt, von außerhalb“, begann ich stolz zu berichten. „Emilia, so eine zierliche Schwarzhaarige. Ich hab sie danach zum Hotel gebracht. Hammerbraut! Sie will Schauspielerin werden. Mann, da gibt’s nur ein Problem, ich …“

„Und“, unterbrach Alex mich abrupt. „Hast du sie im Hotel …?“

Perplex über Alex’ Direktheit fand ich nicht sofort eine

treffende Antwort, zumal ich mit neunzehn meine Unschuld noch nicht verloren hatte, worunter mein Selbstbewusstsein erheblich litt.

„Wärst du mal gestern mit nach Hellersdorf gekommen. Katarina hat ihre Freundin mitgebracht. Da ging's richtig ab." Er lachte und strich sich seine Haare hinter die Ohren.

Es folgte eine Schilderung der Nacht. Ich hasste solche Intimitäten und spürte, wie mir die Röte ins Gesicht stieg. Zum einen war es Schamgefühl, zum anderen Wut über Alex, mich bei der wichtigsten Erzählung meines Lebens unterbrochen zu haben.

Er hörte gar nicht auf zu erzählen, saß da, die Beine lässig übereinandergeschlagen in coolen Westjeans und einem schicken Hemd aus dem Intershop, das dunkle Haar hochgegelt mit einem Schluck Bier. Letzteres hatte ich von ihm kopiert. Was ich jedoch nicht hinbekam, war das gewisse Etwas, das Charisma, das die Frauen magisch anzog. Alex konnte sich kaum vor ihnen retten. Er besaß auch viel mehr Freunde als ich. Eigentlich hatte ich nur einen Freund, nämlich Alex.

Ich hatte eine Menge von ihm gelernt und das schätzte ich. Durch ihn war ich zu einem kritischen Hörer von Musik geworden, der auf Feinheiten im Sound und von Instrumenten achtete. Nur selbst zuhören, das vermochte er nicht, immer wusste er alles ganz genau und vor allem besser.

Nach einem kurzen inneren Kampf gab ich meine Zurückhaltung auf. Langsam schraubte ich mich hoch und schob den Stuhl hinter mir weg, was das Linoleum quietschen ließ. Dabei hob ich abwehrend beide Hände.

„Was ist los?", fragte Alex überrascht.

„Ich hatte noch nicht zu Ende erzählt." Meine Stimme bebte, ich bemühte mich um Beherrschung. „Du hast mich unterbrochen. Das ist … nicht okay! Stattdessen haust du mir die Ohren mit deinen blöden Stories voll. Ich hab ein echtes Problem, Mann! Und überhaupt, von wegen Hellersdorf. Wir waren vor der Turmdisco verabredet. Schon vergessen?"

Nach der ersten Verblüffung über meinen Ausbruch fasste er sich und blieb cool, zu cool für meinen Geschmack.

„Nein, Eric, wir waren vor der Weltzeituhr verabredet und wollten da entscheiden, was wir machen."

Das war eine glatte Lüge.

„Blödsinn! Ach, vergiss es, Alex."

Ich winkte ab, drehte mich um und wollte ihn einfach sitzenlassen.

„Hey, warte mal 'ne Sekunde", hielt er mich auf. „Was brennt dir denn unter den Nägeln?"

Ich prustete wie eine Dampflokomotive, kniff die Augen zusammen und versuchte mich zu beruhigen. Schließlich wandte ich mich ihm wieder zu, nachdem ich missbilligend den Kopf geschüttelt hatte.

„Mein Problem ist, dass ich ihre Adresse nicht weiß. Es wäre der Supergau, wenn ich sie nicht wiedersehen könnte. Ich war sofort … Sie hat mich umgehauen, verstehst du?"

Als ich es aussprach, mischte sich Verzweiflung in meine Wut.

„Meine Güte", belehrte mich Alex, „wenn man Frauen kennenlernt, muss man sich immer sofort die Adresse und, wenn vorhanden, die Telefonnummer aufschreiben. Du Experte, das weiß doch …"

„Tut mir leid, dass ich nichts zu schreiben dabeihatte", fuhr ich giftig dazwischen.

Er zog sein Notizbuch aus der Hose und ließ es wieder darin verschwinden. Dieses verdammte Ding, in dem er darüber Buch führte, wie oft er es wann mit Katarina getrieben hatte, kannte ich zur Genüge.

Ich rollte mit den Augen.

„Was hast du denn auf der Habenseite, Eric? Geh es konstruktiv an!"

„Ich weiß ihren Vornamen, dass sie in einer Nexöstraße wohnt, bei Brandenburg Chemie lernt und in Rathenow am Theater spielt. Bloß in Rathenow und Brandenburg gibt es keine Nexöstraße."

Alex strich sich über das Kinn und warf einen Blick auf den Boden. „In Brandenburg kann sie im Stahlwerk Stahlbauerin werden, aber wohl kaum Laborantin. In der Nähe gibt es eigentlich nur das Chemiefaserwerk Premnitz. Vielleicht lernt und wohnt sie ja da."

„Ja, möglich", sagte ich und schöpfte etwas Hoffnung. „Premnitz ist glaube ich auch nicht weit weg von Rathenow."

„Wo hat sie denn in Berlin übernachtet?"

„Gleich hier drüben im Jugendtouristhotel."

„Na, bestens." Alex lächelte mich aufmunternd an. „Dann weißt du ja, was du nachher zu tun hast. Geh rüber und quetsche die Leute beim Empfang ein bisschen aus."

Mit der vagen Aussicht auf Fortschritte bei meinen Ermittlungen löste sich mein Ärger allmählich auf.

„Das Kaffeekränzchen vorhin war ja wieder völlig für den Arsch", wechselte Alex das Thema. „Dieses ganze Sozialismusgelaber. Detlef geht mir sowas von auf den Keks. Der denkt nur daran, endlich Abteilungsleiter zu werden und dann möglichst bald Bereichsleiter. Das quillt dem aus jeder Pore."

„Ist eben sein Hobby, Ärsche in der Zentrale zu küssen."

Wir kicherten, dann wurde Alex nachdenklich. „Wenn ich im Westen wäre, würde ich schon längst als Roadie mit Dire Straits oder McCartney touren. Ich muss wirklich bald weg von den ganzen Idioten hier. Wenn die mich wenigstens als Toningenieur irgendwo arbeiten lassen würden. Da weiß man gleich wieder, wo man wohnt."

„Versuch es doch", entgegnete ich und hatte das Gefühl, mich selbst zu meinen. „Die brauchen Tüftler und Elektronikfreaks wie dich im Palast oder beim Theater."

Alex ging nicht darauf ein. Wir fachsimpelten noch ein paar Minuten über die neuesten Platten, bevor er sich verabschiedete.

„Na, dann schieb mal ein paar Stühle zusammen, leg die Füße hoch und arbeite schön für mich mit, Eeeeric."

4

Allein in der Werkstatt spürte ich, wie aufgewühlt ich war und wie mich die Sehnsucht nach Emilia marterte. Ich schaltete die Musik ab, wodurch automatisch das Radio anging. Der Berliner Rundfunk brachte eine Meldung über den Brand einer U-Bahn im Verbindungstunnel zwischen den Linien A und E am Alexanderplatz. Ich kannte den Tunnel von meinen Kontrollgängen und ahnte, wie schwer dort ein Brand zu bekämpfen sein würde. Der Verkehr auf beiden Linien war komplett unterbrochen. Danach kam ein Bericht über die neusten Vorschläge der UdSSR an die USA zum Stopp des Wettrüstens und das übliche Blabla.

Ich knipste das Radio aus, entsorgte im Aufenthaltsraum die reichlichen Reste des Kuchens und setzte mich an das Diensttelefon. Nach einem Dutzend Versuchen kam ich endlich durch.

„Ich hätte gerne die Nummer von Familie Meier aus Premnitz, Nexöstraße." Der Name schien mir für einen Treffer am vielversprechendsten.

„Hausnummer?", fragte das Fräulein vom Amt.

„Oh, die weiß ich gerade nicht."

„Einen Moment bitte!"

Knacken, Schnarren und Rauschen im Apparat.

„Meinen Sie Meier, Harald in der Nexöstraße fünfundzwanzig oder Meier, Dieter in der drei?"

Mich durchfuhr ein Gefühl des Triumphes. Ich knallte den Hörer auf und vollführte ein Freudentänzchen. Gleich am Montag, nach meinen drei Nachtschichten, wollte ich zu Emilia nach Premnitz fahren. Jetzt fehlten mir nur noch ihr Nachname und die Hausnummer.

Ich schnappte mir meine Jacke und schloss die Werkstatt ab, um mir die fehlenden Informationen drüben im Hotel zu beschaffen. Damit beging ich die schwere Straftat „Unerlaubtes Entfernen vom Arbeitsplatz", auf deren potenzielle Konsequenzen ich pfiff. Im Treppenhaus stolperte ich über Malerdreck, der dort seit Wochen herumlag. Die Verwahrlosung und der Verfall um mich herum berührten mich immer wieder aufs Neue. Niemand schien mehr mitzuziehen, alle dachten nur noch: Leck mich! Auch der Fahrradständer neben dem Pförtnerhäuschen gab unter dem kalten Licht einer Laterne ein jammervolles Bild ab. Er versank in einer Müllkippe aus Folienfetzen, alten Fahrradschläuchen, Laub und schmierig Undefinierbarem. Ich schüttelte mich und ging meiner Mission nach.

Hierzu bildete ich mir ein, ein Glas Sekt getrunken zu haben. Irgendwie musste ich mich in Stimmung bringen, denn wenn ich etwas erreichen wollte, durfte ich nicht unsicher auftreten. Ich sprang ein paar Mal in die Luft, ballte die Faust und feuerte mich an. Dann nahm ich meine Goldkette ab, an der ein Fisch hing, und steckte sie in die Jackentasche.

In der Lobby des Hotels schob sich ein gestufter Tresen aus weißem Sprelacart zwischen mich und die Empfangsdame, die an einem Tisch am Fenster in ein Buch schrieb. Sie war Anfang zwanzig und trug eine Ponyfrisur. Ich warf einen sehnsüchtigen Blick auf das Buch, in dem sicher alles, was ich begehrte, zu finden war.

„Guten Abend", kam die Empfangsdame lächelnd auf mich zu. „Was kann ich für dich tun?"

„Ich habe mich gestern mit einer Emilia getroffen, Emilia aus Premnitz. Sie war hier auf Klassenfahrt und ist heute Morgen abgereist." Ich zog das Goldkettchen aus der Tasche und hielt es in die Höhe. „Sie hat ihre Kette vergessen und ich will sie ihr zurückschicken, per Post."

„Eine Kette, so so. Das ist sehr anständig von dir. Aber was habe ich damit zu tun?"

„Leider habe ich ihre Hausnummer vergessen und da wollte ich fragen, ob du vielleicht so freundlich sein könntest, mir weiterzuhelfen?" Ich legte die Kette behutsam auf den Tresen und schob mit öliger Stimme nach: „Einen tollen Pony hast du übrigens, wie Jane Birkin."

Sie musterte mich mit einem schelmischen Blick, nestelte an ihrem schwarzen Kostüm und sah sich konspirativ in der leeren Lobby um.

„Solche Informationen dürfen wir eigentlich nicht herausgeben," sagte sie, ging zurück zu ihrem Tisch und schlug das Buch auf. „Und wie heißt die junge Dame?"

„Ähm, nun ja, ich weiß leider nur den Vornamen."

„Tse", stieß sie hervor, zog einen Flunsch und suchte den Eintrag. „Fiedler vielleicht? Bei den Chemiefacharbeitern aus Premnitz war nur eine Emilia dabei, Emilia Fiedler."

„Ja, das muss sie sein", jubelte ich und konnte meinen Erfolg kaum fassen. „Und die Hausnummer?"

Das Buch schloss sich mit einem Knall, sie stand auf und kam mir mit einem provozierenden Lächeln entgegen.

„Was ist dir die Nummer denn wert, Kleiner?“ Ihre Stimme klang plötzlich nach verruchter Bardame.

Ich musste schlucken und sagte: „Das Universum.“

„Wow, mein Gott, dich hat’s aber erwischt. Also gut, die Nummer lautet zwo null.“

Ich stürmte zurück in die Werkstatt, wo das Telefon Sturm klingelte.

„Funkwerkstatt Friedrichsfelde, Wittenborn“, meldete ich mich außer Atem, insgeheim noch umkreist von rosa Wölkchen.

„Hier ist die Zentrale“, dröhnte ein Dispatcher aufgebracht in mein Ohr. „Warum ist denn bei euch niemand zu erreichen? Ich versuche es schon seit einer geschlagenen Viertelstunde.“

„Entschuldigung, war auf ’m Klo, Meister. Was liegt an?“

„Am Alex gibt’s ein Riesenchaos. Habt ihr da draußen nichts von dem Brand gehört? Auf beiden Linien ist der Funk ausgefallen, nichts geht mehr. So, und jetzt notieren Sie sich die Störungsnummer: 86 Strich 613.“

Offenbar hatte das Feuer die größte Störung aller Zeiten ausgelöst, das Tschernobyl des Ost-Berliner U-Bahnfunks.

„Bin schon auf dem Weg“, bestätigte ich mit dünner Stimme.

Bis auf Lappalien war während meiner bisherigen Nachtdienste nie etwas Gravierendes passiert. Alex und ich hatten uns die Zeit immer mit Schach, Tischfußball und Musik vertrieben. Ausgerechnet bei meinem ersten Solodienst brach die Katastrophe über mich herein. Ich zog mir meine Wattejacke an, schnappte mir die Werkzeugtasche und griff an den Haken im Flur, wo normalerweise der Schlüssel des Trabis hing. Vergeblich. Da fiel mir Frank ein, der das Auto am Nachmittag direkt ins Trockendock befördert hatte. Ich fluchte. Da auch die U-Bahn aufgrund des Brandes nicht fuhr, blieb mir nur Monis alter Trabant, den sie mir an Wochenenden manchmal borgte und mit dem ich zum Dienst gekommen war.

Auf dem Alexanderplatz standen Löschfahrzeuge, Notärzte und Polizei. Die Eingänge der U-Bahn waren abgesperrt. Obwohl kaum noch Rauch aus den Tunneln drang, das Gröbste anscheinend schon vorbei war, roch es überall nach einer gigantischen Räucherbude. Ich zeigte meinen Betriebsausweis vor und erklärte, im Zwischengeschoss in unserem Funktionsraum eine Störung beheben zu müssen.

In den Gängen und auf den Bahnhöfen mischte sich der Gestank von versengtem Metall, geschmolzenem Kunststoff und verbranntem Holz zu einer ätzenden Atmosphäre. Ich hustete und meine Augen begannen zu brennen. Auf dem Boden und an den Wänden haftete ein schmieriger Rußfilm. Stiefelspuren zeugten von dem Chaos, das hier unten geherrscht hatte. Die Notbeleuchtung funktionierte zwar, aber die schwüle Luft war geschwängert von Staub und Dunst. Um in den geschwärzten Wänden die Tür zu unserem Raum zu finden, musste ich die Taschenlampe hervorholen.

Der Qualm war durch Ritzen bis ins Innere gezogen. Regale, Batterien und die elektronische Anlage bedeckte Ruß. Ich strich mit dem Finger darüber und bereute es, denn er klebte wie flüssiger Teer. Dessen ungeachtet wischte ich auch über das Fenster, da man von dort normalerweise auf den tiefer gelegenen Bahnhof der E-Linie schauen konnte. Jetzt drang nur ein diffuses Licht hindurch, und die Bank, auf der ich gestern noch mit Emilia gesessen hatte, blieb im Nebel verborgen.

Ich schaltete den Verstärker aus und wieder an. Nichts tat sich. An den Batterien lag es nicht, die Ladeanzeige stand im grünen Bereich. Wahrscheinlich hatten Kriechströme, ausgelöst durch Ruß, der Technik den Garaus gemacht. Ich nahm mir vor, erst einmal den Raum zu putzen, dann den Verstärker auseinanderzunehmen, die Leiterplatten abzupinseln und die Kontakte zu reinigen.

Dazu benötigte ich Putzmittel. Mit fielen die Kollegen der Fernmeldeabteilung ein, deren Werkstatt sich in der Nähe befand. Auf dem Weg dorthin lag der verwaiste Bahnhof Alexanderplatz in gespenstischer Ruhe. Nur das kurze Aufheulen einer Sirene drang von oben. Der Qualm in den Gängen gab mir den Rest. Ich hustete mir die Lunge aus der Brust und kotzte kurz vor meinem Ziel gegen die Kacheln.

Im Aufenthaltsraum der Telefonklempner bedeckte ebenfalls alles eine fettige Rußschicht. Es roch indes kaum anders als sonst, wie ich aus meiner Lehrzeit wusste. Jeder rauchte in dem fensterlosen Loch Kette und Kollege Neitzel litt inzwischen an Lungenkrebs. Ihn frustrierte aber weniger die Krankheit, sondern der Umstand, nicht die erforderlichen dreißig Dienstjahre für die Pestalozzi-Medaille vollzubekommen. Damit war eine Prämie von tausend Mark verbunden, die ihm durch die

Lappen zu gehen drohte. Ich musterte den übervollen Aschenbecher auf dem Tisch und fragte mich, welche leeren Regale Neitzel mit dem Geld eigentlich stürmen wollte.

Ich hielt meinen Mund unter einen Wasserhahn, trank und sackte die Putzmittel ein.

Bewaffnet mit Eimer, Lappen und Staubsauger stiefelte ich zurück zum Funkraum, ließ heißes Wasser in den Eimer und kippte eine halbe Flasche Reinigungsmittel hinein. Damit wischte ich den Boden und die Regale, was angesichts des schmierigen Drecks eine Herausforderung war. Meine Hände verschrumpelten und bald sah ich aus wie ein Kumpel nach der Schicht auf der Zeche. Hustenkrämpfe folterten mich. Trotzdem erfasste mich eine gute Stimmung, weil ich seit Ewigkeiten zum ersten Mal wieder das Gefühl hatte, etwas Nützliches zu tun und gebraucht zu werden. Angesichts der Aussicht, am Montag Emilia wiederzusehen, wurde ich richtig euphorisch und begann, Gitarrenriffs von Black Sabbath zu imitieren.

Nachdem ich Grund in den Raum gebracht hatte, schraubte ich die Technik auseinander und saugte sie ab. Dann nahm ich einen Pinsel und säuberte vorsichtig die Leiterplatten, putzte Widerstände und Kondensatoren und hoffte auf einen Erfolg, als ich unerwarteten Besuch bekam.

„Eeeeric“, stand plötzlich Detlef in der Tür, „was machst du denn hier? Der Funk auf beiden Linien funktioniert nicht, auf der A- und der E-Linie, und du wischst hier unten Staub?“

Das Kinn des Meisters war verkrampft, sein Gesicht

dunkelrot. Er strahlte eine wilde, kaum beherrschbare Wut aus, als hätte ich den Brand persönlich gelegt.

„Du siehst doch, ich … ich reinige die zentrale Funkeinheit, damit sie wieder anspringt und …"

„So ein verdammter Scheiß", schrie er, „das kriegst du doch nie hin! Und überhaupt, wo warst du denn? Ich hab dich bestimmt zehnmal in der BwFi angerufen."

„Ich war die ganze Zeit hier unten, hab versucht zu retten, was zu retten ist."

„Nein, der Dispatcher hat versucht, dich zu erreichen. Du hast die Funkwerkstatt unerlaubt verlassen, das steht fest." Er stieß den Zeigefinger in meine Richtung. „Und eine Störung dieser Wichtigkeit hättest du sofort weitermelden müssen, auf der Stelle! Das wäre die erste Amtshandlung gewesen, um den Schaden mit fähigen Leuten zu beheben. Dir fehlt eben das Pflichtbewusstsein. Los, zieh dich an, wir fahren jetzt zur Werkstatt und holen das Ersatzgerät!"

In Detlefs rostigem Wartburg ging es zurück nach Friedrichsfelde. Unterwegs ging seine Tirade über meine Unfähigkeit in die Verlängerung. Mein Fehlverhalten wollte er in einem Bericht festhalten, der ernsthafte Konsequenzen haben würde.

Ich hätte heulen können und hatte Mühe, es mir zu verkneifen. Zwar war Detlef im Grunde eine arme Socke, der irgendwie versuchte, seine Familie und seinen Sohn, der an Trisomie 21 litt, durchzubringen. Aber mein Gott, wie ich diesen Langweiler hasste! Ich sah zur Seite, über die nichtssagenden, gebräunten Gesichtszüge des Mittdreißigers, der wie ein alter Mann von *früher* redete.

Suspekt war mir auch, dass er drei Jahre beim berüchtigten *Wachregiment Feliks Dzierzynski* gedient hatte und aus unerfindlichen Gründen regelmäßig in den Westen fahren durfte. So jemandem hätte ich nicht einmal anvertraut, ob ich Pfefferminztee oder Kaffee zum Frühstück trank.

Ich presste die Fäuste in den Sitz, biss die Zähne zusammen und kämpfte mit meiner Wut, die allmählich das Gefühl von Demütigung ablöste. Wut auf einen Mann, der den Druck der Direktorenriege ungefiltert nach unten weitergab. Der Meister hatte dafür zu sorgen, dass der *Plan* erfüllt wurde. Doch Materialmangel, Korruption und Verfall stand er ohnmächtig gegenüber. Den *Plan* erfüllte unsere Abteilung immer, zu über hundert Prozent – auf dem Papier. Schließlich wollte jeder seine Jahresendprämie haben. Lächerlich.

In der BwFi raste Detlef ins Lager, um nach Ersatz für die Funkeinheit zu suchen. Das Lager war Franks Reich, ein gewissenloser Hehler, der mit gestohlenen Bauteilen aus dem Werk für Fernsehelektronik dealte. Man konnte nur hoffen, dass er das Gerät oder Teile davon noch nicht verschachert hatte.

Detlef unterzog die Elektronik einem Test, wobei er fahrig und alles andere als souverän agierte. Bald leuchteten jedoch die entscheidenden grünen Lämpchen. Wir buckelten das zentnerschwere Gerät in den Wartburg und fuhren zurück. In angespannter Atmosphäre arbeiteten wir dort die Nacht durch und am anderen Morgen funktionierte der verdammte Funk wieder.

Diese Nacht war ein weiterer Meilenstein meiner

Desillusionierung. Hiermit war ich durch. Ich kündigte innerlich, und zwar fristlos. Ich entschloss mich, meine Anmeldung zum Abendabitur bei der Oberschule noch abzugeben, bevor ich zu Emilia fahren würde.

5

Der Wind war umgeschlagen, wehte aus dem Osten und verteilte schwarze, schmierende Partikel über Premnitz. Die beißende, fettige Visitenkarte des Chemiewerks drang durch alle Ritzen. Dazu fiel aus schiefergrauen Wolken Nieselregen, während ich durch das Wohnviertel aus dreistöckigen Plattenbauten lief.

Ich bog in die Nexöstraße und meine Schritte verlangsamten sich. Vor dem Haus mit der Hausnummer zwanzig blieb ich stehen. Zwar lag abgebröckelter Putz auf dem Boden und Gras war vor dem Block in die Höhe geschossen, aber der Gesang und das Klavierspiel, die aus dem offenen Fenster im ersten Stock drangen, versöhnten mich mit dem Anblick. Es war Emilias Stimme, die ich sofort erkannte und die mich verzauberte. Ohne Frage, Emilia hatte Talent.

Wie gebannt sah ich auf das Schild mit dem Namen Fiedler. Nach zwei Minuten verstummte die Musik und ich bekam weiche Knie. Jetzt war es an mir, den Klingelknopf zu drücken. Wie sollte ich mich bei ihren Eltern vorstellen? Was sollte ich ihr sagen?

Reglos verharrte ich vor der Haustür und brachte den

Mumm nicht auf. Lange stand ich da, bis ich fast vergessen hatte, wie man sich bewegt. Nach einer kleinen Ewigkeit rührte ich mich endlich. Mein Finger löste sich vom Klingelknopf und fiel resigniert herab. Der rechte Fuß drehte sich, dann der linke und schließlich stand ich mit dem Rücken zur Tür, dieser erbarmungslosen Höllenpforte, von der grüne Ölfarbe abblätterte.

Ich schlurfte hinunter zur Havel, die nur einen Steinwurf entfernt lag und deren trübes Wasser träge in Richtung Elbe floss. Irgendwie musste ich neuen Mut schöpfen, doch der Spaziergang setzte nichts dergleichen frei. Also streifte ich auf der Suche nach der richtigen Stimmung durch den Ort.

Der Wasserturm in der Silhouette des Chemiewerks zog mich an. In riesigen Lettern prangte auf dem Gemäuer: DER SOZIALISMUS SIEGT! Den Turm umgab ein Bauzaun und Schilder warnten vor herabfallendem Putz. Ich musste grinsen. Die Komik dieses Ensembles nahm mir einen Teil meiner Anspannung.

Entschlossen ging ich zurück zur Nexöstraße. Ein konzentrierter Blick auf den Klingelknopf, durchatmen, dann drückte ich ihn fest.

Die Wohnungstür öffnete ein untersetzter Mann mittleren Alters, im Mund ein dünnes Zigarillo. Sein ergrautes Haar glich einem Löwenhaupt. Hinter einer Hornbrille sahen mich gerötete Augen über Tränensäcken sonderbar kühl an. Er nahm das Zigarillo aus dem Mund, rückte seine Fliege zurecht und wandte mir sein kantiges Kinn zu.

„Sie wünschen, junger Mann?“, fragte er mit klarer

Stimme, in der eine unangenehme Schärfe lag.

Da ich mir nicht sicher war, bei den richtigen Fiedlers geklingelt zu haben, lugte ich an ihm vorbei in den Flur. Türen standen offen, doch von Emilia fehlte jede Spur. Dann fiel mein Blick auf die Garderobe. An ihr hing der hellblaue Anorak, den ich schon kannte.

„Mein Name ist Eric Wittenborn. Ich möchte zu Emilia.“

Seine Augen blickten einschüchternd, als läge in ihnen eine Überlegenheit und das Wissen um Dinge, von denen ich nie etwas verstehen würde.

„Ich schau mal, was ich tun kann.“

Er drehte sich um, nahm einen Zug von seinem Zigarillo und rief in den Flur: „Emilia, hier will dich jemand sprechen.“

„Ja, ich komme gleich. Muss Mama nur noch anziehen, eine Minute.“

Ihre Stimme jagte mir einen Schauer über den Rücken.

„Schwierig, schwierig, die Damen“, brabbelte Herr Fiedler und inhalierte den Rauch, der den Flur schwängerte. „Immer dasselbe, schmusen miteinander, Mami mit dem Balg, Töchterchen mit der Mami. Also, Geduld, junger Mann!“

Er sagte es mit einem Lächeln und vermutlich meinte er es scherzhaft. Mich jedoch schockierte die Bemerkung und seine kühle, reservierte Art gab mir den Rest. Ich wusste nicht, was ich entgegnen sollte.

„Was wollen Sie eigentlich von Emilia?“, fragte er, und auf einmal klang seine Stimme freundlich und wohlwollend.

„Das ist Eric“, rettete mich Emilia, die in diesem Augenblick im Flur erschien. „Er … er bringt mir die Texte für den Auftritt am Wochenende. Hab schon auf ihn gewartet.“

Während sie mich mit ihrem unverwechselbaren Charme anlächelte und mir zuzwinkerte, sah ihr Vater an mir herab und suchte die Tasche, in der ich die Manuskripte mit mir trug.

„So, so, die Texte“, sagte er wieder in hartem Ton.

Ich schlug mir links auf die Brust, als hätte ich ein Heft mit Gedichten unter meinem T-Shirt verstaut. Beherzt schnappte sich Emilia hinter dem Rücken ihres Vaters den Anorak, streifte ihn über und kam mir entgegen.

„Mama braucht nach dem Abendbrot noch ihre Tabletten, Papa. Gewaschen und angezogen ist sie. Bis nachher.“

„Was soll dieser Theaterkram die ganze Zeit“, giftete ihr Vater, der den Weg freigab. „Das wird doch sowieso nichts. Klemm dich gefälligst hinter deine Lehre und dein Abitur, junge Frau, wenn aus dir …“

„Mach ich, Papa. Hab gestern ’ne Zwei in Biochemie bekommen. Tschüss! Bis später!“

Damit schob sie mich ins Treppenhaus und wir flogen nach unten.

„Viel später“, ergänzte sie, als wir auf der Straße standen. Dann fiel sie mir leidenschaftlich in die Arme und drückte mich so fest, dass ich kaum Luft bekam. Ihr Mund kam mir zu einem langen, sanften Kuss entgegen. Sie öffnete ihre Lippen und die Spitze ihrer Zunge suchte mit spürbarer Erfahrung nach ihrem Gegenpart. Ich war fast überwältigt von ihrer forschen Art und doch so glücklich wie nie zuvor.

Nach einer Weile zog sie den Kopf zurück, behielt aber die Arme um meinen Nacken.

„Es ist so schön, dass du da bist", flüsterte sie. Ihre Augen erforschten zärtlich mein Gesicht. „Ich hatte schon Angst, du findest mich nie wieder, weil ich dir gar nicht meinen Nachnamen gesagt habe, glaube ich."

„War 'n Klacks – immer der Leuchtkraft deiner Schönheit nach."

Wieder kamen mir ihre Lippen entgegen. Ich fing die Wärme ihrer Haut und ihres Haares auf und genoss jede Berührung. Minutenlang standen wir eng umschlungen da.

„Ich habe eine Idee", schlug sie spontan vor. „Die Eltern meiner Freundin Julia haben eine Datsche. Sie kann uns den Schlüssel geben, wir heizen und machen uns da einen gemütlichen Abend. Was meinst du?"

Ich war einverstanden und wir gingen Hand in Hand durch das verregnete, abendliche Premnitz bis zu dem Block, wo Julia wohnte. Die triste Kleinstadt war für mich gerade der schönste Ort auf der Welt.

„Julia", rief Emilia von der Straße aus, lachte und warf Kieselsteine gegen ein Fenster. „Hey, Juli, taube Nuss, hier ist Emi!"

Eine Nachbarin blickte verständnislos zu uns herunter, aber auch Julia kam ans Fenster.

„Was ist los?", fragte sie, eine hübsche Blonde, die einen roten Rollkragenpulli trug. „Kommt doch rauf, ihr ... ihr Turteltäubchen, dann trinken wir einen Tee!"

„Danke, heute nicht. Wir brauchen den Schlüssel für eure Datsche.“

Julia sah sich kurz um und fragte dann: „Wie heißt denn der Neue?“

„Eric“, rief ich hoch.

„Jetzt mach schon“, zischte Emilia, „erzähl ich dir alles später.“

„Meine Güte, ihr könnt's wohl kaum erwarten, was?“

Eine Weile verschwand Julia in der Wohnung. Ich sah Emilia verlegen an. Sie drückte meine Hand und gab mir einen Kuss auf die Wange.

„Aber fackelt nicht alles ab“, gab uns Julia mit auf den Weg und warf den Schlüssel herab. „Und räumt wieder auf und …“

Den Rest hörten wir nicht mehr, da wir schon der Siedlung am Stadtrand entgegeneilten. Abendliche Ruhe lag wie ein schützender Mantel über den Gärten. Im Dämmerlicht einer entfernten Laterne fanden wir die Laube, schlossen auf und knipsten die Sicherungen an. Im Inneren war es eiskalt, sodass wir als erstes den elektrischen Heizer anstellten.

Ich sah mich um. Das Häuschen war aus Holzbohlen und Brettern zusammengezimmert und wirkte durchaus komfortabel. In der kleinen Schrankwand stand ein Radio. Emilia knipste es an, holte Gläser und Wein aus der Küche und eine Decke aus der Schlafkajüte, um sie auf dem Sofa auszubreiten.

Dort lösten sich unsere Lippen nur voneinander, um seufzende Laute von sich zu geben. Emilia rieb sich an mir und stöhnte, bis sie ihren Pullover auszog und schließlich auch ihr Shirt. Mit Glut in den Augen streckte sie mir ihre Brüste entgegen. Die Schönheit ihres Körpers konnte ich kaum fassen. Ich nahm ihre Brüste in die Hände, küsste, saugte daran und sog ihren Duft ein.

„Du bist so süß, Eric, mach weiter!"

Das tat ich, aber als ich ihr das Kleid ausziehen wollte, verweigerte Emilia mir, was ich am meisten begehrte. Sie drehte sich, wandte mir den Rücken zu und forderte mich auf, mich hinter sie zu setzten, unter ihren Armen hindurchzugreifen und sie von hinten zu umschlingen. So schmusten wir und kühlten unsere Erregung etwas herunter.

Während wir unsere Sehnsucht nach Zärtlichkeiten stillten, tranken wir Wein, den Emilia aus einem Hängeschrank geholt hatte.

„Was hat deine Mutter eigentlich?", fragte ich.

„Multiple Sklerose", erklärte Emilia. „Das ist so eine Nervenkrankheit. Inzwischen ist sie deswegen sogar berentet, braucht Pflege. Es wird immer schlimmer."

Durch meine Mutter wusste ich, was MS bedeutete und welchen Leidensweg die Kranken gingen.

„Ist sicher belastend. Musst du ihr viel helfen?"

„Ja, Mama braucht inzwischen laufend Hilfe und mein ... mein Vater schafft nicht alles, der arbeitet dauernd. Es wird mit jedem Schub mehr, und sie hatte schon einige. Vor ein paar Jahren fing es damit an, dass ihr dauernd die Hand einschlief, später sah sie Doppelbilder und plötzlich lief ihr die Suppe aus dem Mund. Wir haben das gesamte beschissene staatliche Gesundheitssystem nach einer guten Behandlung abgegrast. Kannst du total vergessen. Fündig wurden wir erst in der Katholischen Klinik in Brandenburg. Da gibt es einen Arzt, der sie wirklich gut betreut."

„Sie kriegt Prednisolon, stimmt's?"

„Ja. Woher weißt du denn so was?"

„Meine Mutter ist Ärztin, da bekommt man das mit."

„Zurzeit muss sie wieder hohe Dosen nehmen. Vor ein paar Wochen wachte sie auf und hatte kein Gefühl mehr in den Beinen. Jetzt kommt sie kaum noch raus. Die Bezirksschwester versorgt sie zweimal am Tag, aber kochen, putzen, einkaufen, das bleibt alles an mir hängen."

Ich umschlang sie fester und streichelte ihr über das Haar.

„Ich fürchte", fuhr sie fort, „es wird zu Hause nicht für immer so weitergehen. Die Schwester schafft nicht alles, und ich will ja nicht ewig da wohnen bleiben. Es sei denn, ihr bliebe dadurch das Heim erspart. Meine Mama im Heim, davor habe ich echt Schiss."

Wir stießen mit dem Wein darauf an, dass es nie dazu kommen möge.

„Was hat deine Mutter früher gemacht, als sie noch arbeiten konnte?"

„Sie war bei Wolpryla. Hat eine ganze Abteilung für die Produktion im Werk geleitet. Da hing viel dran, große Teile der Textilproduktion."

Sie zupfte an der Tischdecke, die offenbar aus der Synthetikwolle bestand.

„Und dein Vater?"

Emilia schwieg einen Moment, presste die Lippen aufeinander und zog die Mundwinkel nach unten.

„Er leitet den Bereich Kassettenproduktion im Werk und ist Vorsitzender der SED-Kreisleitung." Nachdem sie ihr Glas in einem Zug geleert hatte, schob sie nach: „Am liebsten würde er zum verdammten Werksleiter aufsteigen, das ist sein Lebenstraum. Ein richtiger Bonze halt."

Obwohl mein Herz links schlug, konnte ich mit dem System nicht viel anfangen, mit Bonzen erst recht nicht. Ich hielt es lieber mit Fidel und seiner ersten Schlacht um Moncada, dem echten Ding eben.

„Die Kassetten sind sauteuer, siebenundzwanzig Mark", sagte ich und überlegte, was bei Familie Fiedler nicht stimmte. „Du kommst nicht besonders gut klar mit deinem Vater, oder?"

Abrupt löste sich Emilia von mir, setzte sich kerzengerade auf und kniff die Augen zusammen.

„Hör mal, Eric, darüber möchte ich wirklich nicht reden! Ist das klar?" Ihre Stimme war dunkel und bestimmt, sie gestikulierte energisch. Ich zuckte zusammen und senkte den Kopf. „Sonst gerne über alles, unsere Ziele, Politik, was du willst. Aber nicht …"

Plötzlich hatte sie Tränen in den Augen, winkte ab und hielt sich beide Hände vor das Gesicht. Einen Augenblick herrschte angespannte Stille, nur durchbrochen von ihren Schluchzern und dem Knacken der elektrischen Heizung. Ich war betroffen über ihre Reaktion und schluckte. Behutsam nahm ich ihre Hände und drückte sie.

„Tut mir leid, ich wusste ja nicht …", sagte ich mit einem Kloß im Hals.

Es brauchte eine Weile, bis sie sich beruhigt hatte.

„Schon okay", flüsterte sie und wandte sich mir wieder zu. „Mir tut's leid, dass ich so hochgegangen bin. Aber bei dem Thema falle ich immer in ein Loch."

„Verstehe, ich werd's mir merken. Sag, und wie schaffst du es überhaupt, trotz deiner kranken Mutter alles unter einen Hut zu bringen, Lehre, Abi, Schauspielerei?"

„Ich will unbedingt ans Theater oder zum Film. Vor allem will ich nicht in demselben Trott enden wie meine Eltern. Deshalb tue ich alles, um meine Ziele zu erreichen."

Nachdem sie sich gefangen hatte, sprühte sie wieder vor Energie und Humor. Voller Leidenschaft erzählte sie von ihrer Theatergruppe und Ballettausbildung. Zudem nahm sie Gesangs- und Klavierunterricht.

Ich erzählte ihr von meiner Nacht mit Meister Detlef nach dem Brand und von meiner Anmeldung für das Abendabi. Emilia war begeistert und fragte immer wieder interessiert nach.

Bis in den späten Abend hinein redeten wir und tauschten Zärtlichkeiten aus. Ich war so unendlich neugierig auf sie. Am liebsten hätte ich gleich alles von ihr gewusst. Als ich auf die Uhr schaute, merkte ich, wie die Zeit gerast war.

„Ich muss jetzt langsam los", sagte ich und wollte mich von ihr lösen. „Der letzte Zug geht bald."

„Oh, du Spießer, bleib doch einfach hier. Ich will die ganze Nacht mit dir zusammen sein, hab dir noch so viel zu erzählen." Fest umklammerte sie meine Hände.

„Nein, ich bin kein Spießer. Die Leute hier in den Lauben sind wahrscheinlich welche. Ich kenne das, meine

Eltern wohnen in einer Reihenhaussiedlung."

„Aber hallo, hier musst du dir genau überlegen, was du wem erzählst. Im Garten kannst du nicht mal ungestört Westradio hören, ohne dass es einen Skandal gibt." Sie wandte mir ihren Kopf zu. Ihr Mund schmollte, aber in ihrem Blick lag etwas Flehendes. „Was gibt es in Berlin denn so Wichtiges?"

„Ich muss morgen pünktlich zum Frühdienst. Du weißt doch, der Meister hat mich auf dem Kieker."

Sie drehte sich ganz zu mir um und drückte meinen Kopf gegen ihre Brüste. Sie stöhnte und liebkoste mich, und hätte ich mich zum Bleiben hinreißen lassen, wäre es in jener Nacht vielleicht zum Äußersten gekommen. Aber so verliebt ich auch war, ich hatte Pläne für den nächsten Tag.

Es fiel mir höllisch schwer, mich loszureißen. Traurig akzeptierte Emilia es schließlich. Wir verabredeten uns für das übernächste Wochenende in Berlin. Am Ende musste ich zum Bahnhof rennen und sprang im letzten Moment in den Zug.

6

Als ich am Dienstagmorgen die Werkstatt betrat, unterbrachen meine Kollegen ihre Gespräche und sahen mich mitleidig an.

„Du wirst schon erwartet", warnte mich Alex, deutete auf Detlefs Büro und grinste. „Er hat Verstärkung."

Ich klopfte zaghaft und hörte von drinnen ein gesächseltes *Herein*. Die Stimme gehörte zu unserem Abteilungsleiter. Wäre ich bloß über Nacht in Premnitz geblieben. Ich stieß einen Seufzer aus und hoffte, dass sich alles zum Guten wenden möge.

Bis auf ein Bild von seiner Frau und seinem behinderten Sohn an der Wand gab es in Detlefs stickigem Kabäuschen nichts Persönliches. Akten standen in den Regalen aus Spanplatten und eine elektrische Schreibmaschine auf dem Schreibtisch, an dem in diesem Moment der Meister und Abteilungsleiter Geiger saßen.

Über den Rand seiner Hornbrille traf mich Geigers distanzierter Blick messerscharf. Sein hageres Gesicht wirkte übellaunig. Der Mann hatte es geschafft, war die Karriereleiter hinauf in die mittlere Ebene gekrochen. Ich kam mir vor wie ein Straffälliger. Was würden die beiden mit mir veranstalten, mich mit einem Rohrstock malträtieren?

„Der Kollege Jansen hat mich darüber unterrichtet", legte Geiger los, „wie Sie Ihre Pflichten in der Nacht des Brandes vernachlässigt haben. Sie haben es versäumt, unverzüglich die schwerwiegende Störung weiterzumelden und die absolut notwendige Hilfe anzufordern. Dadurch hat sich die Reparatur unseres Funks bis zum nächsten

Morgen verzögert. Wir sind von Ihrem mangelnden Verantwortungsbewusstsein wirklich maßlos enttäuscht, Kollege Wittenborn. Haben Sie dazu etwas zu sagen?“

Da mir mehrere Dinge gleichzeitig durch den Kopf schossen, nickte ich nur stumm. Das nutzte Detlef, um in dieselbe Kerbe zu schlagen.

„Ich habe immer versucht, dich an die neue Technik heranzuführen, Eric, aber wirkliches Interesse habe ich bei dir nie wecken können. Du hast auch kein Verständnis dafür, das ist mir von Anfang an aufgefallen.“

So ging das in einem fort, in der idiotischen, hinterwäldlerischen Art, für die die Belegschaft Detlef hasste. Mit dem mangelnden Interesse hatte er natürlich recht. Trotzdem kostete es mich Beherrschung, nicht aufzuspringen und über beide herzufallen. Rechtzeitig fiel mir ein, dass ein Handgemenge mit Chef und Abteilungsleiter vielleicht nicht der richtige Weg war, wenn man in der BwFi noch ein paar Monate unbehelligt überstehen wollte.

Mit leisen Worten verteidigte ich meine Strategie, die Anlage in der Brandnacht reinigen und so reanimieren zu wollen. Meine Argumente verpufften und Geiger ratterte die ernsthaften Konsequenzen herunter, von denen Detlef gesprochen hatte.

„Wir werden ein Disziplinarverfahren gegen Sie anstrengen und Ihnen einen Verweis erteilen. Des Weiteren werden wir den Kollegen Reipe aus Ihrer Schicht nehmen und durch den erfahrenen Kollegen Bernd Wadeling ersetzen. Grund dafür ist, dass Herr Reipe und Sie sich im Sinne der Arbeitsproduktivität negativ ergänzen.“

Mit einem zynischen Lächeln um seine schlaffen Züge

sächselte Geiger eine Weile Blabla über die notwendige Verbesserung der sozialistischen Leistungsfähigkeit. Das war mein Todesurteil. Mit einem Verweis im Gepäck wären meine Pläne, die BwFi zu verlassen, für die nächsten Jahre im Keim erstickt. Bei der Ankündigung, Alex aus meiner Schicht zu nehmen, hätte ich eine Woche zuvor sicher geheult. Jetzt aber hatte ich eine Freundin, war verliebt. Niemand konnte mir mehr etwas anhaben. Ich war stark, weil Emilia hinter mir stand.

Geiger öffnete meine Personalakte, blätterte mit leerem Blick in den Papieren und fing an, mit dem Finger darauf herumzuklopfen wie ein Rabe auf der Suche nach Fressbarem.

„Wissen Sie, an jede an uns gestellte Arbeitsaufgabe müssen wir politisch rangehen. Wenn Sie wenigstens Kandidat der Sozialistischen Einheitspartei wären. Wir müssen dem Klassenfeind nicht einen, sondern immer zwei Schritte voraus sein, und das heißt auch, die neuen Technologien so gut wie möglich zu nutzen, besonders unseren Funk."

Von wem war ich hier umzingelt? Wahnsinn, totaler Wahnsinn! Nichts wie raus hier, dachte ich. Glaubte die graue Eminenz selber an den Schwachsinn? Es war an der Zeit, mit denselben „politischen" Waffen zurückzuschlagen.

„Ja, Herr Geiger", warf ich in die Runde, „deshalb habe ich mich gestern auch bei der Abendschule angemeldet. Ich will mein Abitur nachholen. Es sollen doch junge Leute mobilisiert werden, um die *Initiative Mikroelektronik* voranzubringen. Da dachte ich mir, wenn ich

Elektronik studiere, aus Ihrer Abteilung heraus, kann ich vielleicht etwas Wichtiges dazu beitragen. Das würde mich motivieren. Danach suche ich schon so lange, nach einem Sinn."

Schweigen. Verblüfft starrte Detlef mich an. Geigers Züge strafften sich hingegen. Immerhin war er dafür bekannt, ein Fan von Mikroelektronik zu sein. Offenbar hatte ich ihn an der Hundert gepackt.

„Eeeeric, das glaubst du doch selbst nicht", ätzte der Meister. „Du willst dich ja bloß rausreden. So einfach geht das nicht!"

Ein triumphierendes Blitzen in meinen Augen durfte nicht zu übersehen gewesen sein, als ich die Anmeldung für die Abendschule aus der Jacke zog und ihm über den Tisch reichte. Er riss sie mir aus der Hand, überflog sie und reichte sie indigniert an den Abteilungsleiter weiter.

„Wahrlich keine schlechte Idee, Kollege Wittenborn", meinte Geiger aufgeschlossen, während er den Beweis für meinen Fortbildungswillen überflog. „Darauf kann man aufbauen. Den Verweis werden Sie dadurch natürlich nicht umgehen, zumal Sie sich ja erst nach dem Brand bei der Schule angemeldet haben, aber das geht", er wedelte mit meiner Anmeldung und reichte sie mir zurück, „eindeutig in die richtige Richtung."

„Also, ich weiß nicht. Ich glaube nicht, dass du ernsthaft dein Abitur nachholen willst. Außerdem traue ich dir das auch gar nicht zu." Detlef zog das Facharbeiterzeugnis aus meiner Akte. „Wie willst du denn bitteschön ein Abi machen? Du hast ja gerade mal die Lehre mit Ach und Krach bestanden."

Mit einem Durchschnitt von drei. Ja, während der Lehre hatte ich mir keine Medaille verdient. Das entsprach den Tatsachen und in der verfluchten Akte befanden sich sicher noch stapelweise Einträge über mein Unvermögen.

„Menschen ändern sich", erwiderte ich. „In meiner Beurteilung steht doch auch, dass ich mein Leistungsvermögen nicht ausgeschöpft habe und mit mehr Arbeit bessere Leistungen möglich gewesen wären. Und genauso ist es."

Detlef kochte vor Wut.

„Oh, ich weiß, das wird kein Spaziergang durch den Park", schob ich nach. „Bisher hat mir nur der Wille gefehlt, etwas zu ändern. Aber das ist nun vorbei."

Nach dem Dienst fuhr ich zu meiner Tante. Beim Ruckeln und Quietschen der U-Bahn wurde mir klar, dass meine Vorgesetzten ein verdammt gutes Blatt in der Hand hielten. Natürlich wollte ich bei der BVB keine Zeit mehr verschwenden. Der Verweis würde mich aber dort festnageln und ein Vorpraktikum als Pfleger in einer Klinik für Jahre verhindern. Mit Ende zwanzig brauchte ich kein Medizinstudium mehr anfangen. Ich musste mir also dringend etwas einfallen lassen.

Zu Hause saß Moni in der Küche vor einer Flasche Weinbrand und hatte schon ziemlich einen in der Krone. Der Schleier von gut einer Schachtel Zigaretten hing in der Luft, vor dem Sir Henry ins Wohnzimmer geflüchtet war. Sie hörte Beatles, kochte Gulasch, las Simmels *Es muß nicht immer Kaviar sein* und ging ihrer Lebensphilosophie nach, Arbeit nicht als Erfüllung anzusehen.

Ich lehnte mich gegen die Spüle und erzählte ihr von

meinem Gespräch mit Detlef und Geiger. Sie ließ ihren korpulenten Körper zurück in den Stuhl fallen und hörte sich alles an. Über die Vorwürfe gegen mich empörte sie sich und befand, meine Vorgesetzten gingen nach demselben Prinzip Ungerechtigkeit vor wie in ihrer Abteilung. Ab in den Steinbruch mit der Bande, meinte sie. Disziplinarverfahren – lächerlich!

Mit den Füßen wippend offenbarte ich ihr schließlich auch meinen Plan vom Abitur und meinen Traum vom Medizinstudium. Das hatte ich bisher für mich behalten, um nicht ein Trommelfeuer von Fragen und Nervereien meiner Verwandtschaft über mich ergehen lassen zu müssen.

„Mein Schatz, das ist ja großartig", fuhr sie jubelnd hoch, „wenn das dein Opa wüsste, der hätte vor Stolz einen Luftsprung gemacht. Deine Mutter wird sich nicht mehr einkriegen."

Von der guten Stimmung angezogen, kam Sir Henry in die Küche und freute sich schwanzwedelnd mit.

„Das wird ganz schön heftig", gab ich zu bedenken. „Die Abendschule geht jeden Tag von halb sechs bis neun. Der Abteilungsleiter will mich zwar aus dem Spätdienst nehmen, Früh- und Nachtschichten bleiben aber. Das heißt, nach der Schule darf ich mir dann des Öfteren noch die Nacht in der Werkstatt um die Ohren schlagen."

Und Emilia möchte ich auch so oft wie möglich sehen, dachte ich und schluckte.

„Tja, wer A sagt, muss auch B sagen. Von nichts kommt eben nichts. In Russisch kann ich dir übrigens Nachhilfe geben, war ja lange genug in Moskau."

Moni stand auf, füllte einen Teller mit Gulasch und stellte ihn auf den Tisch. Es duftete köstlich. Ich setzte mich.

„Ein paar Steine liegen allerdings noch im Weg, bevor ich überhaupt anfangen kann, mich zu quälen. Der Verweis in der Akte wird bestimmt erst nach Jahren gelöscht. Vorher bekomme ich aber keine Stelle für ein Vorpraktikum. Und danach müsste ich noch drei Jahre zur Armee, wenn ich Medizin studieren will. Du weißt, was ich davon halte. Das kommt auf keinen Fall infrage. Bis zum Eintritt in die Uni wäre ich dann alt und grau.“

Schon ohne Ambitionen auf ein begehrtes Studium musste man anderthalb Jahre zur Armee, wobei ich es mir seit der Kindheit nie hatte vorstellen können, jemals eingezogen zu werden. Ich hatte gehört, Soldaten müssten sich gemeinsam ausziehen, in einer Reihe antreten und nackt baden. Für mein ausgeprägtes Schamgefühl eine Horrorvorstellung.

„Dann musst du dich eben ausmustern lassen“, erwiderte Moni trocken und schenkte sich Weinbrand nach.

„Na klar doch, nichts leichter als das. Soll ich vielleicht mit einem Rollstuhl zum Wehrkreiskommando eiern und auf behindert machen? Ich hab noch nie von jemandem gehört, wirklich niemals, der ausgemustert wurde, obwohl er nichts hatte. Und ich bin gesund wie ein Fisch beim Fliegen.“

„Hör auf zu jammern“, herrschte sie mich an. „Lass dir was einfallen. Frag deine Mutter, die ist doch Expertin für unlösbare Probleme.“

„Meine Mutter – ach du Heiliger. Und der Verweis?

Den lässt sie wahrscheinlich auch mal ebenso tilgen?"

Moni blickte über den Rand ihrer Lesebrille, zog eine Augenbraue hoch und lächelte ironisch.

„Oh, nein, bloß das nicht!"

Ich goss mir auch einen Humpen ein und würgte ihn hinunter. Goldkrone, ekelhaft. Das Geflecht aus Beziehungen, Korruption und Vitamin B, auf das Moni anspielte, verabscheute ich. Doch jeder Bürger Michel, jeder Funktionär, fast alle nutzten es.

„Wenn ich Mama darum bitte … Verdammt, das nervt – echt, wirklich!"

„Diese Schlachten müssen geschlagen werden, Eric, notfalls auch mit deren Waffen."

Sie stand auf, nahm den Autoschlüssel vom Brett und hielt ihn mir entgegen.

„Dann bin ich auch nicht besser als diese ganzen Idioten", fluchte ich und knallte das Glas auf den Tisch.

Moni blieb von meinem Protest unbeeindruckt. Nach einem Zögern schnappte ich mir den Schlüssel, verschwand in meinem Zimmer und legte Rory Gallagher *Walk On Hot Coals* auf. Mit verschränkten Armen saß ich vor der Anlage und ließ mich von der Musik nerven, die mir sonst alles bedeutete.

Moni hatte recht, es half nichts. Wenn ich weiterkommen wollte, musste ich miese Kompromisse machen und meine Ehrlichkeit ein Stück weit verjubeln.

Schließlich fuhr ich mit Monis Trabi nach Zepernick, wo meine Eltern in einer Reihenhaussiedlung am Stadtrand wohnten. Die Enge meines alten Umfelds mit der Schule, in der jeder jedes Geheimnis gekannt hatte, vermisste ich nicht. Sämtliche Kontakte zu meinen Freunden hier draußen hatte ich gekappt.

Meine Mutter war gerade gestresst von ihrer Praxis und der anschließenden Parteiversammlung nach Hause gekommen. In der Werkstatt drechselte mein Vater mit sozialistisch umgelagertem Holz einen Blumenständer für den Fleischer im Ort. Eine Hand wusch die andere. Tagsüber leitete er als Tischlermeister eine PGH, eine Produktionsgenossenschaft des Handwerks.

Zwischen meinen Eltern lag Spannung in der Luft. Hatten sie sich wieder wegen Nichtigkeiten genervt? Ich fragte nicht nach. Warum hielten sie überhaupt die Fassade des harmonischen Miteinanders aufrecht? Meine Mutter war viel zu nachsichtig. In meiner Kindheit waren durch den Jähzorn meines Vaters oft die Fetzen geflogen, Vasen und Scheiben zu Bruch gegangen. Diese Erlebnisse lebten in mir weiter. Obwohl ich meine Eltern liebte, war es für mich eine große Erleichterung gewesen, ihrem Haus zu entkommen.

Wir setzten uns mit einer Kanne Tee ins Wohnzimmer, dessen Zentrum eine Schrankwand mit Glasvitrine bildete. Beide rissen sich zusammen und ich berichtete vom U-Bahn-Brand, von dem über mir schwebenden Damoklesschwert in Form disziplinarischer Maßnahmen und meinem Studienwunsch.

„Oh, das ist ja großartig", freute sich meine Mutter über Letzteres. „Medizin – juhu! Da werden wir dich mit allen Kräften unterstützen."

Ihr warmherziges Gesicht glühte vor Enthusiasmus, was ihre bis zum Pony ihrer Bubikopffrisur hoch gezogenen Augenbrauen bestätigten. Das Besondere an meiner Mutter war ihre Offenheit und Begeisterungsfähigkeit. Ihre sprunghaften Emotionen und ihre Impulsivität hatte sie allerdings selten unter Kontrolle. Ungefiltert strahlte ihr Innenleben nach außen.

„Nein, das werden wir nicht", entgegnete mein Vater trocken und wurde lauter. „Erst dieser Quatsch mit der Nachrichtentechnik und jetzt willst du dich zehn Jahre ohne Gehalt durchschlagen? Meine Güte, werde endlich erwachsen, Eric, und lerne einen Beruf, bei dem du ordentlich Geld verdienst! Du weißt schon, was ich meine: Handwerk, Autoklempner, so was in der Richtung. Wenn du denkst, du kannst uns jahrelang auf der Tasche liegen, hast du dich geschnitten!"

Ich sah ihn getroffen an, diesen kräftigen, dunkelhaarigen, charismatischen Mann. Sein Gesicht wirkte überlegen, hochmütig und voll von Willenskraft. In seinen blauen Augen funkelte es.

„Mir geht es nicht ums Geld, Papa", wehrte ich mich. „Im Beruf muss man doch schließlich als erstes zu sich selbst finden. Ich will mich endlich verwirklichen."

„Verwirklichen?", schrie er. „Ich kann's einfach nicht glauben! Den Floh hat dir wohl deine Mutter ins Ohr gesetzt, was?"

Beim letzten Wort raste seine Handwerkerpranke auf den Tisch. Die Druckwelle brachte die Bleigläser in der Vitrine zum Klirren. Meine Mutter und ich fuhren zusammen. Dann sprang er auf und rannte hinaus in die Werkstatt.

Ich kämpfte mit den Tränen. Meine Mutter hielt mir die

Hand. In der Stille tickte die schwere Chippendale-Stand-uhr.

„Der beruhigt sich schon wieder“, durchbrach sie das Schweigen und blickte kopfschüttelnd zur Tür. „Pass mal auf, mein Schatz. Du kennst doch den Herrn Renker, meinen Patienten, der dir damals die Lehrstelle besorgt hat.“

Klar kannte ich Renker, Bereichsleiter bei der BVB, der in der Hierarchie sogar über Geiger stand. Er hatte mir damals unter die Arme gegriffen, nachdem die Post meine Bewerbung für Elektronik verschusselt hatte.

Ich nickte und war froh, meine Mutter wenigstens nicht selbst um Zugang zu Vitamin B bitten zu müssen.

„Wie ich das sehe, steht dieses Disziplinarverfahren auf dünnem Eis. Die haben doch kaum was gegen dich in der Hand. Ich denke, wenn ich Renker anrufe und ihm das nett erkläre, wird er das mit dem Abteilungsleiter und der Gewerkschaftsleitung zu deinen Gunsten regeln. Meinst du nicht?“

„Ach, Mama“, wehrte ich halbherzig ab, „ich hasse sol-che Mauscheleien. Lass mich das doch selber mit der Konfliktkommission klären.“

„Komm schon, es tut doch niemandem weh, wenn du keinen Verweis bekommst. Sonst war’s das vielleicht mit dem Studium, bevor es überhaupt angefangen hat.“ Sie rieb sich die Hände, rutschte an die Kante des Sessels und grinste. „Mit der Armee wird es damit auch langsam ernst.“

Obwohl ich mich mies fühlte, würde ich das, was ich als Nächstes aus dem mütterlichen Mund erwartete, auf keinen Fall ablehnen. Sie hatte gewisse Beziehungen zum Wehrkreiskommando, doch solange nicht der Musterungsbescheid im Briefkasten lag, interessierte mich das nur wenig.

„Du kennst doch Doktor Schmidt, meinen Kollegen, den Arzt bei der Musterungskommission in Pankow. Das ist der, der mir Orwells *1984* geschenkt hat. Nun, letztens war Herr Hagedorn krank, mein langjähriger Patient. Er hatte eine Lungenentzündung. War ganz schön knapp, hohes Fieber. Ich musste ein paar Hausbesuche bei ihm machen.“

„Oje, der ist bestimmt General.“

„Nicht ganz, aber in der Tat ein hohes Tier bei der Armee, Oberstleutnant und Leiter der Musterungskommission. Nun ist er wieder fit und sehr dankbar, hat mir sogar Blumen gebracht. Und Schmidt kennt wiederum Hagedorn. Vielleicht können die beiden den Weg in der Kommission ja ebnen. Meinst du nicht, ich sollte zuerst mal mit Schmidt reden? Der könnte dann bei Hagedorn vorfühlen. Das trifft bei dem wahrscheinlich auf fruchtbaren Boden, zumal er sehr kritisch ist und, glaube ich, denkt wie wir.“

Wie dachten wir? Das System strapazierte meine Nerven, womit ich zur Mehrheit der DDR-Bürger gehörte. Dennoch wäre ich nie in den Westen geflüchtet. Es heißt, die Probleme reisen einem hinterher. Leidenschaftlich kritisierte meine Mutter im Privaten das knisternde Gebälk des Sozialismus. Ob sie auch mit Oberstleutnant Hagedorn offen politisch diskutierte? Nicht selten führte derlei in den Stasiknast.

Ich dachte an drei unerträgliche Jahre NVA. Nicht einmal für ein Studium hätte ich mich für diesen Verein verkauft.

„Ja, bitte rede mit Schmidt", antwortete ich endlich mit dünner Stimme.

Anschließend überlegten wir, wie wir den Familienfrieden wieder herstellen konnten. Wir gingen in die Werkstatt und Mama erklärte meinem Vater, dass ich mir das mit dem Studium noch mal überlegen und vielleicht doch eine handwerkliche Laufbahn einschlagen wollte. Ich nickte dazu und steigerte so mein Unbehagen.

„Ich verstehe ja deinen Studienwunsch, Eric", sagte mein Vater versöhnlicher, „aber bei den Gegebenheiten macht das keinen Sinn. Bei uns kannst du es nur mit Handwerk zu etwas bringen. Das ist sicher. Sieh dir Mama an. Die Dienste laugen sie aus, dazu gesellschaftliche Verpflichtungen ohne Ende, Gewerkschaft, Partei, der ganze Mist. Und das für ein mäßiges Gehalt?"

Die Stimmung stieg und so etwas wie Harmonie breitete sich zwischen uns aus – gebaut auf einer Lüge. Während mein Vater die Vorteile des Handwerks vor mir ausbreitete, dachte ich: Sicher ist nur mein Entschluss, Papa, meiner inneren Stimme zu folgen und Medizin zu studieren.

Außerdem wollte ich Emilia nicht enttäuschen.

7

Am Sonnabend saß ich am Schreibtisch und sichtete meine alten Schulbücher, um mich auf den Vorkurs für das Abitur vorzubereiten. Der Schweiß brach mir aus, weil ich so gut wie alles vergessen hatte. Lediglich in Mathe fand ich mich wieder halbwegs hinein. Naturwissenschaften haben mir immer gelegen.

Meine Tante verbrachte dieses Wochenende mit ihrer Freundin auf unserem Grundstück in Niederlehme am südlichen Stadtrand, um Haus und Garten winterfest zu machen. So die offizielle Version. Ich vermutete eher, die beiden wollten dort mit den Nachbarn dem Sommer einen rauschenden Abschied bereiten. Wie auch immer, ich hatte die Wohnung für mich allein.

Das Telefon unterbrach mein Brüten über russischer Grammatik.

„Hallo, Eric, hier ist Emilia". Ihre Stimme klang aufgeregt, wie außer Atem. „Du, ich hab meinen Eltern gerade erzählt, dass ich am Wochenende eine Freundin in Rathenow besuche. Soll ich nach Berlin kommen? Hast du Zeit?"

Die Überraschung war perfekt. Wir hatten in der Woche telefoniert, doch kein Treffen zustande bekommen. Die Pflege ihrer Mutter, Proben am Theater, Berge von Hausaufgaben, Verbote ihres Vaters, all die Dinge, die einer Siebzehnjährigen das Leben schwer machen. Mein Herz begann wild zu pochen, die Stimme drohte mir wegzubleiben.

„Ja, klar, ich hab sturmfreie Bude. Meine Tante ist

weggefahren.“

„Super. Holst du mich ab? Ich komme 14:23 Uhr am Ostbahnhof an, der Zug aus Magdeburg.“

Ihre süße, klangvolle Stimme brachte mich fast um den Verstand, zumal ich seit unserem Abschied vor Sehnsucht fast vergangen war.

„Ich werde da sein, Emilia“, bestätigte ich, holte tief Luft und stieß sie seufzend wieder aus. „Ich freue mich.“

Ich hatte noch gut drei Stunden. Vom Überschwang des plötzlichen Glücks getrieben, schwang ich mich unter die Dusche und schmierte mir anschließend Salbe auf meine Pickel, die glücklicherweise nicht in voller Blüte standen. Im Schrank fand ich meine Sonntagsjeans, zog ein rotbraunes Hemd im Flower-Power-Style an und streifte mein Cordsakko darüber, das mir meine Mutter im Intershop gekauft hatte. Dazu ein Spritzer Tabac-Aftershave, auch aus dem Intershop, dann machte ich mich auf den Weg.

Es war einer dieser herrlichen Herbsttage, die den Sommer würdig verabschiedeten. Beschwingt sog ich die Luft ein. Die Sonne schickte aus einem klaren Himmel goldenes Licht und der Wind spielte mit den bunten Blättern. In der U-Bahn rutschte ich auf dem Sitz hin und her und wirkte in meinem Enthusiasmus vermutlich sonderbar auf die anderen Fahrgäste.

Die kalte, funktionale Atmosphäre des Ostbahnhofs empfand ich mit einem Mal als angenehm. Im Gegensatz zu den anderen Wartenden, die lasen, redeten oder rauchten, vermochte ich es kaum, meine Ungeduld zu bändigen. Mehrere Male sprang ich von der Bank auf, beugte mich über die Bahnsteigkante und hielt Ausschau nach dem Zug aus Magdeburg. Endlich stampfte die Diesellok um die Kurve, wurde rasch größer und kam mit einem Quietschen zum Stehen. Eine Durchsage, die Türen öffneten sich.

Und dann stand Emilia da und sah sich mit erhobenem Kopf nach mir um. Sie trug eine dunkelblaue Karottenhose, einen weinroten Pullover und ihren Anorak. Ihr dunkles Haar floss in einem Pferdeschwanz zusammen. Schließlich trafen sich unsere Blicke und wir rannten aufeinander zu wie in einem Rausch, fielen uns in die Arme und pressten uns aneinander. Dann sahen wir uns an; in ihren Augen lag ein Leuchten und wieder dieser Hauch Melancholie.

Langsam näherten sich unsere Lippen, fanden zueinander und verschmolzen.

„Ich möchte was erleben", sagte sie, nachdem sie sich schwer atmend von mir gelöst hatte.

„Ja, ich auch."

„Zuerst will ich da hin, wo wir uns kennengelernt haben. Diesmal ganz oben rauf. Zeigst du mir alles?"

Wir spazierten Hand in Hand zum Fernsehturm, reihten uns in die Schlange der Wartenden ein und fuhren mit dem Fahrstuhl hinauf zur Aussichtsplattform in zweihundert Metern Höhe. Vom Telecafé aus, dessen Tische sich innerhalb einer Stunde um dreihundertsechzig Grad im Uhrzeigersinn drehten, ging der Blick weit über die Stadt.

Emilia freute sich über die Museumsinsel und die Linden mit dem Brandenburger Tor. Ich zeigte ihr das Deutsche Theater und die Volksbühne, und sie sprühte vor

Energie und Witz.

„Oh, Eric, guck mal da hinten", begeisterte sie sich laut. „Die Mauer, der Tiergarten, West-Berlin – die Heimat von Wim Wenders und Schlöndorff. Nach der Schauspielschule würde ich so gerne mit denen drehen. Irgendwelche starken Frauenrollen."

„Da musst du dich nur selbst spielen."

„Noch bin ich ja dünn wie ein Kriegskind", sagte sie und kicherte schrill. „Da wäre eine Verfilmung von *Simone* von Feuchtwanger eher das Richtige. Kennst du das Buch?"

Ich schüttelte den Kopf. In Literatur kannte ich mich weniger aus als mit Rockmusik und Filmen.

„Darin geht es um eine Jugendliche im faschistisch besetzten Frankreich, die mit der Résistance sympathisiert und einen Anschlag verübt. Außerdem ist die Geschichte mit der Jungfrau von Orleans verwoben. Simone ist aufsässig – und Emilia Fiedler spielt die Hauptrolle."

Sehnsüchtig blickte Emilia aus dem Fenster in Richtung Westen.

„Da müsste man mal rüber", schob sie laut nach und zog die Blicke anderer Gäste auf sich.

„Pscht! Nicht so laut! Die Leute gucken schon. Die schmeißen uns sonst glatt raus", raunte ich ihr zu.

„Oh, du hast recht." Sie erschrak und wurde rot, nachdem sie sich umgesehen hatte. Sie nahm meine Hand, zog mich über den Tisch zu sich und flüsterte: „Dieser ganze Partei-FDJ-Quatsch kotzt mich total an, Eric. Ich halt's mit den Alternativen und Anarchos." Wieder ein Kichern, dann ein Kuss. „Aber ich sag dir was, ich bin bestechlich. Ich bin Vorsitzende im FDJ-Gruppenrat. Und für einen Studienplatz würde ich sogar in die Partei eintreten."

„Ich nie im Leben. Die Bonzen müssen schon ohne mich auskommen. Da bleibe ich lieber Nachrichtentechniker."

Nach einem weiteren Kuss über den Tisch hinweg, beachtete uns endlich der blasierte Kellner. Emilia war kaum zu bremsen und wir bestellten Würzfleisch, Schnitzel Hawaii und pro Nase zwei Eisbecher. Wir redeten und aßen und ich staunte über ihren unstillbaren Appetit.

„Na, ich will schließlich nicht ewig die dürre Simone spielen", erklärte sie, „sondern auch irgendwann Erotik. Dazu braucht es ein paar Kurven."

„Also, ich finde dich schön, wie du bist." Ich stellte sie mir nackt auf der Leinwand vor und wie ich mich dabei fühlen würde. Ihre Offenheit musste ich erst einmal verkraften.

„Wann machst du eigentlich den Eignungstest für die Musikschule?", fragte ich, um das Bild der nackten Emilia vor einem Millionenpublikum aus dem Kopf zu bekommen.

„Nächstes Jahr im April", antwortete sie leise und nachdenklich. „Huh, da liegt noch ein Gebirge vor mir."

„Dann haben wir ja beide ganz schön was vor. Mein Vorkurs fürs Abi fängt im März an. Ich hab mich schon mal an die alten Bücher gesetzt." Was ich davon hielt, deutete ich mit einem Wisch über die Stirn an.

„Ehrlich, ich arbeite lange noch nicht hart genug. Wenn ich nur mehr Zeit hätte, mich vorzubereiten. Auf der

Arbeit habe ich wieder eine Woche meines Lebens vergammelt. Das ist einfach sinnlos. Du glaubst nicht, wie langweilig Prozessregulierung, Maschinen, Qualitätsprüfungen und der ganze Quatsch sind."

Während ich an ihren Lippen hing, sie von ihrem Alltag in Premnitz erzählte und wir Eis schleckten, wurden unsere Zärtlichkeiten unter dem Tisch intensiver. Wir hielten Händchen, umklammerten unsere Finger und pressten in fiebriger Neugier unsere Schenkel aneinander.

„Weißt du, was schlimm ist?", offenbarte sie, nachdem wir gezahlt hatten. „Selbst wenn ich die Prüfung schaffe, müsste ich meine Mutter allein lassen. Das würde ich nie übers Herz bringen. Genauso wenig wie sie in ein Heim verfrachten."

„Dann holen wir deine Eltern eben nach Berlin. Meine Mutter ist Ärztin, die könnte bestimmt für ihre Pflege sorgen. Wenn wir hier zusammen sind, kann uns nichts aufhalten."

„Oje", stöhnte sie und senkte den Blick. „Ich fürchte, so einfach ist es nicht. Das ist unmöglich. Du bist so süß, Eric."

Wir brachen auf, fuhren nach Pankow und eilten durch das abendliche Berlin. Nie zuvor war ich erregter und verliebter gewesen.

„Boah, ich hab noch nie so eine große Wohnung gesehen", begeisterte sich Emilia und stürmte durch die Zimmer. „Die vielen Bücher, Hilfe! Der Stuck, die schönen Türen, die antiken Möbel. Mit welchem Wohnberechtigungsschein bist du denn dazu gekommen? Du musst Beziehungen bis zu Erich Honecker haben."

Ich erklärte ihr, dass die Wohnung meinen inzwischen verstorbenen Großeltern gehört hatte und ich zu meiner Tante gezogen war, die hier wiederum seit ihrer Geburt lebte. Was mir manchmal ein schlechtes Gewissen bereitete, von meinen Eltern abgehauen zu sein, fand Emilia toll. Dann zeigte ich ihr mein Zimmer mit meiner Anlage und der Plattensammlung und – dem Bett.

Plötzlich vollzog sich bei Emilia ein Stimmungswandel. Ihre Stimme bekam einen weichen Klang, versprach Verlockungen, ihre Bewegungen wurden langsam und sinnlich. Sie nahm meine Hand und führte mich zu meiner Anlage.

„Kannst du uns ein bisschen Musik machen? Was Tanzbares?" Sie zwinkerte mir zu und lächelte verführerisch.

Ich war kein Experte für gewisse Stunden und Tanzbares, aber auf einer Plattenbörse hatte sich mal ein Motown-Sampler mit Soul-Klassikern in meine Sammlung verirrt. Ich zog ihn aus dem Schrank, legte die Platte auf und schaltete den Verstärker ein. Während *Papa Was A Rollin' Stone* erklang, streckte Emilia sich und schubste mich aufs Bett, wo ich sitzend landete.

Kokett lächelte sie mich an. Ihre Augen blitzten und sahen an ihrem grazilen, wohlgestalteten Körper herab. Sie begann anmutig zu tanzen, präsentierte mir zunächst ihren Rücken, ein weiches, geschmeidiges Wiegen nach dem Soul aus den Boxen. Je mehr sich der Song hochschaukelte, desto lasziver wurden ihre Bewegungen. Langsam zog sie ihren Pullover aus. Das seidendünne T-Shirt zeigte mehr von ihren apfelgroßen Brüsten, als es verbarg.

Ein Kleidungsstück nach dem anderen ließ sie geschickt fallen, bis sie sich nackt ekstatisch im Rhythmus der Musik bewegte und gekonnt ihre Reize zur Schau stellte. Mein Blick wanderte über die zarten Linien ihrer Waden, folgte ihnen über die Schenkel nach oben bis zu ihrem knackigen Po, hinauf zum entzückenden Rücken, über den vollendeten Schwung ihres Nackens, bis sich unsere Blicke trafen. Dort fand ich die Aufforderung, gleichzuziehen. Zitternd gehorchte ich und zog mich bis auf den Slip aus.

Beim nächsten Song kam sie zu mir, packte meine Hände, legte ihre Arme um meinen Hals und küsste mich. Allmählich ging sie in die Hocke und legte ihren Kopf auf meine Schenkel. Ich streichelte ihren Rücken, ihren Hintern und wusste kaum, wie ich mich verhalten sollte. Doch Emilia genoss meine zärtlichen Berührungen, stöhnte und ertastete die Ausbuchtung in meinem Schritt. Es bereitete ihr Vergnügen, ein bisschen daran zu reiben und meine Glut weiter anzufachen. Schließlich hielten wir es nicht mehr aus. Sie riss mir den Slip herunter und ich drückte meinen Kopf an ihre Brüste.

Mit einem Fuß zog sie ihre Karottenhose zu sich und griff in eine Tasche. Geschickt streifte sie mir ein Kondom über. Daran hatte ich gar nicht gedacht. Mein Gehirn war auf die Größe einer Pflaume geschrumpft, nur das Lustzentrum aktiv, der Rest pures Testosteron. Emilia dirigierte, sie leitete, sie gab den Ton an und führte uns auf einen feuchten, heißen Pfad der Lust, einen wilden Ritt zur Glückseligkeit.

Nach der Erlösung lagen wir unter der Bettdecke. Mir wurde bewusst, dass ich nicht der erste Mann in Emilias Leben gewesen sein konnte. Ihre offensichtliche Erfahrung in Liebesdingen beeindruckte mich, machte mich aber auch eifersüchtig.

Sie stützte ihr Gesicht auf eine Hand und liebkoste mich mit der anderen. Es hatte etwas Behütendes, Liebevolles und Verträumtes, was mich sofort wieder besänftigte. Im Licht der Kerzen, die wir angezündet hatten, bewunderte ich Details ihrer Schönheit. Ihre Fingernägel zeigten das natürliche Korallenrosa, waren blank poliert, sorgfältig zurechtgefeilt und hatten makellose Ränder, obwohl diese fast noch kindlichen Hände einen harten Alltag bewältigen mussten.

„Ich liebe dich so sehr, Emilia", gestand ich flüsternd. „Es ist so schön mit dir, ich kanns noch gar nicht fassen."

Sie streichelte mir über die Wange und das Haar, lächelte und schwieg. Auf einmal sprang sie auf und tigerte zum Schrank, an dem mein Teddybär lehnte. Emilia nahm ihn in den Arm und drückte ihn an sich.

„Oh, ist der aber süß", schwärmte sie wie ein kleines Mädchen und lachte.

„Ja, Karlchen, ein alter Bekannter." Ich biss mir auf die Lippe, um sie nicht mit der wichtigsten Frage meines Lebens zu bedrängen.

„Komm, wir nehmen ihn in die Mitte", beschloss sie und bettete den Teddy zwischen uns. Sie knuddelte ihn und behandelte ihn wie ihr Baby.

Schließlich hielt ich es nicht mehr aus und fragte: „Und du?"

„Was denn?“

„Liebst du mich auch, Emilia?“

„Oh“, wunderte sie sich und dachte einen Moment nach. „Woher soll ich das jetzt schon wissen? Ich habe dich wirklich gern, Eric. Ich kann aber noch nicht sagen, ob ich dich liebe. Das wird sich erst zeigen. So etwas muss sich doch erst entwickeln, oder?“

„Das sehe ich anders. Liebe kommt plötzlich, wie ein Orkan, der über einen hereinbricht und dein Leben umwälzt. So gehts mir jedenfalls, seit ich dich das erste Mal getroffen habe.“

„Du bist echt süß“, kicherte sie und strich sich eine Strähne hinter das Ohr. „Hör mal, ich bin nur momentan nicht für einen festen Freund geschaffen, weil ich total in der Schauspielerei aufgehe. Ich bin einfach nicht frei im Kopf.“

Wieder stand sie auf, zog eine Ausgabe des *Magazins* aus meiner kleinen Sammlung, setzte Karlchen an den Bettrand und blätterte in dem Heft.

„Hat die riesige Brüste, meine Güte. Und guck mal die, wie die hängen!“

Zur Untermauerung ihrer Entdeckung hielt sie mir die Zeitschrift direkt vors Gesicht und gackerte. Wir balgten herum, Seiten zerrissen, und das Feuer der Begierde flammte wieder auf.

„Nein, ich weiß noch nicht, ob ich dich liebe“, nahm sie den Faden wieder auf. „Aber ich möchte, dass wir sind wie das Paar in *Love Story*, dem Film, in dem sich zwei Studenten unsterblich ineinander verlieben. Ja, irgendwann wünsche ich mir, dass wir nicht ohne einander auskommen.“

Nachdem wir uns ein weiteres Mal geliebt hatten, überkam mich eine wohlige Müdigkeit. Kurz darauf fielen mir die Augen zu.

„Hey, du Langweiler“, protestierte Emilia. „Du schläfst mir doch wohl jetzt nicht ein, oder? Ich will mit dir reden, mit dir streiten, die ganze Nacht!“

Um das durchzustehen, stand ich auf und brühte uns einen starken Kaffee, den wir im Bett tranken. Aufputschen und Gespräche bis zum Morgengrauen wurden von nun an zur Gewohnheit bei unseren Treffen. Ich hatte den Eindruck, Emilia wollte auf keinen Fall allein wach bleiben.

8

Am folgenden Montag war mein Spätdienstdebüt mit Bernd Wadeling. Nach der Nacht mit Emilia, der ersten richtigen mit einem Mädchen, fühlte ich mich stark, unbesiegbar und aufgedreht wie eine Dampflokomotive. Endlich hatte ich es geschafft und musste mich nie wieder als Versager fühlen. Ade ihr Minderwertigkeitskomplexe!

Im Gegensatz zu meiner Hochstimmung war der Herbst in seine trübe Phase eingetreten. Eine geschlossene Wolkendecke, aus der Regen fiel, klebte am Himmel wie eine alte Tapete. Auf dem Weg zur Arbeit summte ich Songs und tapste ausgelassen durch die Pfützen.

In der BwFi versuchte Detlef angestrengt, mich zu

schneiden. Er grüßte nicht einmal und würdigte mich keines Blickes. Lange brauchte ich nicht über den Grund nachzudenken. Meine Mutter hatte anscheinend schon mit Bereichsleiter Renker gesprochen und wahrscheinlich war mein Disziplinarverfahren abgewürgt worden. So sah Detlefs Gesicht jedenfalls aus, versteinert, mit verkrampftem Kinn. In gewisser Weise fühlte ich mich beschämt und es war mir peinlich. Auf der anderen Seite, was kümmerte es mich?

„Du gehst gleich los und machst die Wartung der Verstärker auf der nördlichen A-Linie", trug er mir auf.

„Was, jetzt gleich?", protestierte ich. „Zuerst muss ich mich doch mit Bernd absprechen wegen der neuen Schichteinteilung."

„Eine Viertelstunde, mehr nicht!" Damit wandte er sich ab und verschwand in seinem Kabuff. Es fiel ihm sichtlich schwer, die Tür nicht zuzuknallen.

Ich setzte mich zu Bernd, der als stellvertretender Meister seinen Arbeitsplatz gleich neben Detlefs Büro hatte. Bernd Wadeling, Mitte vierzig, kompetentes Unikum ohne Konkurrenz, war eingefleischter Junggeselle. Wie immer trug er ein schmuddeliges Flanellhemd und lötete an einer Leiterplatte herum. Er fixierte sie durch seine dickrandige Hornbrille und biss sich dabei auf die Unterlippe. Das wirkte witzig, da seit Jahren statt eines Schneidezahnes ein Metallstift ohne Krone in seinem Oberkiefer steckte. Er war dick, ungekämmt und verliebt in seinen Job. Egal, was man ihn fragte, er wusste alles.

„Wie wollen wir es machen, Bernd? Nehmen wir uns den Trabi und fahren die Verstärker auf der A-Linie gemeinsam ab?“

Zunächst wandte er den Blick nicht von der Leiterplatte, dann sah er kurz zu Detlefs Tür.

„Nee, Eric“, meinte er – er sächselte, sodass es wie „Ächick“ klang - und kratzte sich mit seiner Pranke am Hinterkopf, „ich brauche den Trabi nachher selbst für eine andere Störung – eine an meinem Häuschen.“

„Du kannst mich doch nicht mit der schweren Tasche Bahn fahren lassen! Die wiegt ’ne halbe Tonne“, begehrte ich auf.

„Mir doch egal, du bist doch noch jung und belastbar.“

Da war er, der klasse Kollege, der mich da für seinen privaten Kram allein mit dem sperrigen Equipment losziehen ließ. Sein scharfer Ton duldete allerdings keinerlei Widerspruch. Das war wirklich das Letzte und am liebsten hätte ich ihm meine Meinung gegeigt. Doch vor Bernd musste man sich in Acht nehmen. Er konnte ein echter Schinder sein und wurde gelegentlich aggressiv, respektlos und sogar übergriffig. Sein brutaler Schlag wegen einer Nichtigkeit auf Alex’ Rücken, bei dem dieser fast einen Atemstillstand erlitten hatte, war noch immer in aller Munde.

Ich schnappte mir ohne weiteren Kommentar die Tasche und schleppte sie zur U-Bahn. Immerhin hatte die Wartungstour den Vorteil, dem Mief der Werkstatt für ein paar Stunden zu entrinnen.

Die Resignation über meine Situation ergriff jeden Tag mehr Besitz von mir. Während der Arbeit im Technikraum unter dem Bahnhof Schönhauser Allee, beim Putzen von Kontakten, Prüfen von Ladungen und Verstärkern, traf ich deshalb eine Entscheidung. Keinen Tag länger als nötig würde ich in der BwFi bleiben, sondern kündigen, etwas riskieren und in einem Krankenhaus als Pfleger anheuern. Weniger Geld, bei null anfangen – alles okay, nur raus aus diesem Irrenhaus.

Der Stolz über meinen kühnen Entschluss brachte mich in gute Stimmung. Ich gab mir Mühe und versuchte, keine Kurzschlüsse oder Brände zu verursachen. Noch einmal würde mich Renker nicht raushauen. Apropos Renker. Natürlich hatte ich keine Lust, meine Mutter schon wieder um etwas zu bitten. Mir fiel aber keine Alternative ein, denn nur sie vermochte es, Türen zu öffnen. Ich hätte meine Bewerbung allein sicher versaut.

Ich schloss meine Werkzeugtasche ein und entfernte mich unerlaubt vom Arbeitsplatz, um mir eine Telefonzelle zu suchen.

In einer Nebenstraße wurde ich fündig. Vor dem Kabäuschen mit dem Fernsprecher warteten ein Mann und zwei Frauen. Die graue Fassade und der bröckelnde Putz der Mietskaserne dahinter bot ein deprimierendes Bild, typisch Prenzlauer Berg eben. Obwohl ich eine Wattejacke trug, fror ich wie ein kahlgeschorener Hund.

Nach mir stellte sich eine Frau an, die einen Kinderwagen vor sich herschob und ein kleines Mädchen an der Hand hielt. Im Korb unter dem Wagen lagen drei voll bepackte Einkaufsnetze. Die junge Mutter sah nett aus, obwohl der Novemberwind durch ihre Lady-Diana-Frisur wirbelte und sie vom Leben gezeichnet wirkte. Wir hielten Smalltalk über das veraltete Telefonnetz und ihre Arbeit am Fließband im Kabelwerk Oberspree.

Als ich an der Reihe war, nahm ich den Hörer ab, steckte zwanzig Pfennig in den Schlitz und meinen Zeigefinger in die Wählscheibe. Doch ich war blockiert und legte den Hörer wieder auf. Stellte ich es mir zu einfach vor, von heute auf morgen einfach die Branche zu wechseln, die Komfortzone, das gute Geld? Vielleicht würden Katastrophen im Krankenhaus über mich hereinbrechen, die ich mir nicht einmal vorzustellen vermochte.

Das Schild vor meiner Nase forderte *Fasse dich kurz!* Ich wandte mich um und sah durch die beschlagenen Scheiben die Schlange der Wartenden, die inzwischen auf vier angewachsen war. *Fasse dich kurz*, selbst wenn du eine wichtige Weiche für dein Leben stellst. Also gut, dasselbe Prozedere. Diesmal zog ich die Wählscheibe durch.

„Mama, ich bin's. Ich muss da raus", fiel ich mit der Tür ins Haus. „So schnell wie möglich. Ich brauche eine Stelle im Krankenhaus, als Pfleger. Am besten mit einer Delegierung zum Studium."

Rauschen in der Leitung, schweres Atmen. Es war eine absolute Seltenheit, meine Mutter sprachlos zu erleben.

„Bist du noch dran, Mama? Nun sag schon, kriegst du das hin?"

„Mein Schatz, das … das finde ich wirklich ganz toll. Du machst also ernst und willst bei der BVB aufhören?"

„Ganz recht, 1987 will ich die BwFi nicht mehr betreten."

„Was? Schon im Januar?"

„Ja."

„Nun mal langsam, Junge", meinte sie, doch ihre Stimme klang freudig erregt. „Ich muss kurz nachdenken.

Eine Delegierung zum Medizinstudium, das ist die hohe Kunst. Das geht nicht von heute auf morgen. Dirk Engel kennt zwar Professor Brüggemann im Magistrat, der an der entscheidenden Stelle sitzt. Aber du kennst ja Dirk, er ist unzuverlässig. Das muss von verschiedenen Seiten geplant werden, so was dauert."

Doktor Engel arbeitete als Gynäkologe in der Charité. Seine Frau Elvira und er waren mit meinen Eltern befreundet. Leider versprach er viel und hielt wenig.

„Scheiße, Mama, erst mal eine Stelle als Pfleger. Bloß weg von den Idioten. Nun mach schon! Ich hab mich vom Dienst verkrümelt. Die Leute klopfen schon an die Telefonzelle."

„Nun ja, ich habe da noch eine Patientin, Frau Burnescheid. Die arbeitet in der Bezirksverwaltung und hat sicher Kontakte zur Kaderleitung im Pankower Krankenhaus. Ich rufe sie morgen mal an, ob sie was erreichen kann."

„Gut, gut", jubelte ich, „das ist genau die richtige Schiene. So machen wir es. Ich muss jetzt wieder los, sonst erwischt mich noch der Meister."

„Papa wird nicht gerade begeistert sein."

„Ja, sicher. Tschüss und grüß ihn schön!"

Ich ließ den Hörer in die Gabel fallen und rannte zurück zum Bahnhof. Magistrat von Berlin, schoss es mir durch den Kopf, Professor Brüggemann, ein hohes Tier in der Partei und Chefarzt der Gynäkologie in der altehrwürdigen Charité. Keine Ahnung, was Gynäkologie genau war. Da hatte ich ja ein hübsches Projekt am Start, meine Güte. Und ich verstrickte mich immer mehr in dem

Geflecht aus Mauscheleien. Würde das mein ganzes Leben lang so weitergehen?

Nachdem ich die letzte Station absolviert hatte, schleppte ich die Werkzeugtasche zurück zur BwFi. Mein Rücken und meine Schultern schmerzten, als hätte ich Felsbrocken geschleppt. Ich hasste Detlef mehr denn je, aber auch Bernd, wegen seiner Unverfrorenheit.

In der Werkstatt fiel ich endgültig vom Glauben ab. Bernd verging sich gerade mit einem Seitenschneider an einer fünfzig Meter langen Verlängerungsschnur.

„Was machst du denn da?", fragte ich perplex. „Du kannst doch nicht einfach unsere Rolle vergewaltigen!"

„Es gibt kein Kabel zu kaufen", erwiderte er laut, als wäre es die normalste Begründung in der östlichen Hemisphäre.

„Das brauchen wir noch. Sollen wir in der Botanik den Strom mit den Händen zu unseren Geräten tragen?"

„Reg dich ab, du!", forderte er mit einem auf mich gerichteten Zeigefinger. Sein Stiftzahn blitzte gefährlich im Neonlicht. „Das Kabel ist für mein Häuschen und damit fertig."

Ich regte mich ab, denn es ergab keinen Sinn, den Vorgang bei den Vorgesetzten zu melden. Es war nicht meine Art, jemanden zu verpfeifen, und die sozialistische Wirtschaft würde ich damit ebenso wenig retten. Ich wusste, mehr als die Hälfte meiner prachtvollen Kollegen waren auf dem gleichen Trip und sahen das Lager als Büffet an. In meinen letzten Wochen wollte ich keine Anfeindungen oder Spießrutenläufe über mich ergehen lassen.

Um der Langeweile zu entgehen, spielten Bernd und ich

stattdessen Schach. So intelligent der Technikfuchs auch war, ich beherrschte das Spiel dank eines jahrelangen Trainings mit meinem Großvater besser. Ich gewann zwei Partien und auch für die dritte fehlten nur noch drei Züge. Das Walross presste seine Kiefer aufeinander, schüttete eine Kanne Kaffee in sich hinein und bekam die Wutfalten in der Stirn kaum mehr glatt. Ich freute mich diebisch über meine kleine Rache – bis das Telefon klingelte.

„Na, geh mal ran, du!", wies Bernd mich an. Da die Partie ohnehin verloren war, setzte er sich bei der Gelegenheit wieder an seinen Lötkolben.

„Funkwerkstatt Friedrichsfelde, Wittenborn", meldete ich mich lustlos.

„Hallo, Eric! Schön, dass du gleich dran bist", drang Emilias Stimme direkt in mein Herz. Sie klang verzweifelt. „Ich fühl mich so scheiße, Eric. Entschuldige, dass ich dich auf Arbeit anrufe, aber manchmal überkommt mich so eine Traurigkeit, weißt du. So eine verdammte Einsamkeit tief in mir drin. Es wäre so schön, wenn du jetzt bei mir wärst."

„Das tut mir leid, mein Engel", versuchte ich sie zu beruhigen. „Was ist denn los, erzähl doch!"

Bernd linste über den Rand seiner Brille zu mir rüber.

„Hast du schon mal Angst gehabt, Eric? Diese Angst, dass alles immer schlimmer wird?"

„Ja, hatte ich", sagte ich gedämpft in den Hörer und hielt eine Hand davor. „Süße, ich bin hier nicht allein, kann nicht frei reden."

„Das schmerzt wie ein Messer in der Brust. Zum Stich

der Prüfungsangst kommt noch so eine diffuse, vernebelte dazu."

„Lass einfach alles raus, ich hör dir zu."

„Meine Mutter hat heute … Ich kanns gar nicht aussprechen. Es ist so abgründig. Sie hat sich … Verdammt, sie kann nichts mehr bei sich behalten, verstehst du? Es ist so eklig."

Schluchzer unterbrachen sie. Es bereitete mir Qualen, sie weinen zu hören und nicht bei ihr sein zu können.

„Und mein Vater ist so ein Arsch. Der denkt nur an sich. Gestern hat er die Typen von der Kreisleitung zu uns eingeladen, um die Ausstellung seiner behämmerten Kassettenproduktion bei der Leipziger Messe zu besprechen. Ich hätte kotzen können. Und nun rate mal, wer dafür alles einkaufen und herrichten musste?"

„Du natürlich. Das tut mir leid. Du solltest ihm …"

„Ihm klarmachen, dass er nicht das Zentrum der Welt ist? Ich nicht schuld bin, wenn was mit seinen blöden Kanapees schiefläuft? Wenn du es unbedingt willst, kannst du mit harter Arbeit alles erreichen – dieses Gelaber, diese Bonzenbrigade! Ich halt das nicht mehr aus."

Wieder weinte sie, während mein Herz hämmerte.

„Wir halten zusammen. Ich werde dich nie alleine lassen. Gemeinsam schaffen wir alles."

„Gemeinsam, ja", brachte sie hervor. Noch ein paar Seufzer, Keuchen, ein Schnarren, als würde sie sich mit dem Ärmel ihres Pullovers die Tränen abwischen. „Kannst du zu mir kommen?", fragte sie flehend.

„Aber ja, wir sehen uns ganz sicher am Wochenende."

„Nein, Eric, jetzt gleich."

Ich riss die Augen auf und starrte auf die Wählscheibe. „Was, jetzt?“

„Ja, bitte! Eric, ich muss dich in den Arm nehmen. Ich kann nicht mehr.“ Ihre Stimme klang gebrochen und stockte immer wieder.

„Emilia, ich hab erst in knapp einer halben Stunde Feierabend“, versuchte ich zu umreißen, was sie von mir verlangte. „Dann muss ich zu meiner Tante und mir ihren Trabi borgen. Die Fahrt nach Premnitz dauert bestimmt anderthalb Stunden. Vor Mitternacht schaffe ich das auf keinen Fall.“

„Mitternacht ist okay. Bitte Eric.“

Konnte ich ihr das abschlagen? Hätte ich ihr jemals irgendetwas abschlagen können? Nach kurzem Zögern willigte ich schließlich ein.

Bernd hatte mich während des gesamten Gesprächs angestarrt. Dafür strafte ich ihn mit einem verständnislosen Blick, dem nicht viel zur Feindseligkeit fehlte. Der wahre Feind hing jedoch kreisrund über der Ausgangstür. Mit trommelnden Fingern sah ich hoch zu der klobigen Uhr, die scheinbar unverrückbar auf zwanzig vor zehn stand. Das Ticken des Sekundenzeigers trieb mich in den Wahnsinn. Je näher der Feierabend rückte, desto lauter und langsamer wurde es. So lief das an jedem Arbeitstag, doch an diesem Abend war es pure Folter.

Ich zog mich fix und fertig um, packte meine Sachen und stellte mich an die Tür wie beim Start zu einem Wettlauf. Endlich kroch die letzte bittere Sekunde vorbei.

„Horrido!“, brüllte ich den alten Jagdruf so laut, dass Bernd zusammenfuhr.

Im selben Moment flog die Tür auf und ich rannte los zum U-Bahnhof Tierpark, bekam alle Anschlüsse und joggte durch Pankow nach Hause.

In der Wohnung empfing mich Sir Henry mit eingezogenem Schwanz und gesenktem Kopf. So kannte ich ihn nur, wenn er Liebeskummer hatte oder etwas mit seinem Frauchen nicht stimmte. Ich kraulte ihn und fragte, wo Moni sei, die mich nicht wie sonst begrüßt hatte. Er trottete voran zum Wohnzimmer, hielt an der Tür und blickte peinlich berührt zu mir hinauf.

Zwischen den Sesseln lag Moni dahingestreckt auf dem Fußboden. Ihre Saufschwester Brigitte hatte das Koma auf dem Sofa erwischt. Auf dem Tisch standen zwei leere Flaschen Goldkrone, ein voller Aschenbecher und unzählige geköpfte Bierflaschen. Es roch nach kaltem Zigarettenqualm, Fusel und Erbrochenem.

Immerhin, Moni atmete noch, wenn auch langsam und schwach. Ich rüttelte an ihrer Schulter. Keine Reaktion. Um sie nicht wie Jimi Hendrix enden zu lassen, brachte ich sie in die stabile Seitenlage. Das hatten wir während der vormilitärischen Ausbildung gelernt.

Brigitte schien ungefähr denselben astronomischen Promillewert im Blut zu haben, benötigte aber keine erste Hilfe, denn sie befand sich schon in der Seitenlage. Sie arbeitete in derselben Abteilung wie meine Tante, war genauso korpulent und alleinstehend, kinderlos und literaturbegeistert. Auch was die Einstellung zur Arbeit anging, schwammen sie auf einer Welle. Nur bei Männern bekamen sie sich zuweilen in die Haare, wenn sich ihre Begehrlichkeiten überschnitten.

Die Exzesse der Freundinnen waren nichts Neues. Diesmal hatte es jedoch Konsequenzen für mich, denn ich brauchte auf der Stelle den Autoschlüssel. Am Brett hing er nicht. Ich kippte Monis Handtasche aus. Fehlanzeige. Meine Sorge um das Wohlbefinden der Freundinnen wich Wut.

Zurück am Tatort knuffte und boxte ich meine Tante heftiger.

„Moni", schrie ich sie an. „Wo ist der Schlüssel für den Trabi? Ich brauche ihn dringend. Moni!"

Mein aufgebrachter Zustand übertrug sich auf Sir Henry, der die Weckversuche mit Bellen begleitete.

Endlich bekam ich sie soweit, dass sie die Augen einen Spalt weit öffnete, mich anglotzte und etwas lallte.

„Moni! Der Schlüssel? Nein, nicht wieder einschlafen! Wo steht der verdammte Trabi?"

„Waaaas … Schrabbi hab ich nie ge … Ääääh" Ihre Lider senkten sich wie ein Theatervorhang über ihre glasigen Augen.

„Moni, wo steht der Trabi?"

„Isno inna Scharlottenschtrasche."

Charlottenstraße, da befand sich der Sitz der Außenhandelsgesellschaft, bei der Moni angestellt war – großartig! Ich gab auf. Hätte ich den Schlüssel gefunden, wäre ich noch mitten in der Nacht zu Monis Arbeitsstelle gefahren, hätte das Auto gesucht und wäre nach Premnitz gerast. Aber so?

Um herunterzukommen und dem Anblick der Schnapsleichen zu entgehen, verzog ich mich in die Küche, brühte mir einen Tee und setzte mich. Sir Henry kam hinterher und legte seinen Kopf auf meinen Oberschenkel. Ich musste Emilia anrufen und sie enttäuschen. Das steigerte die Wut auf meine Tante noch. Resigniert schlurfte ich zum Telefon im Flur und wählte die Nummer in Premnitz.

„Fiedler", meldete sich eine verschlafene weibliche Stimme, die nicht Emilia gehörte.

„Oh, Eric Wittenborn. Entschuldigen Sie die späte Störung, Frau Fiedler, ich wollte Ihre Tochter sprechen. Sie …"

Junge, war mir das peinlich. Immerhin zeigte die Uhr mittlerweile zehn nach elf.

„Sie ist nicht da", sagte Emilias Mutter mit einer Stimme, die so klang, als falle es ihr schwer zu artikulieren. „Vor einer Viertelstunde ist sie zu ihrer Freundin gegangen. Die beiden wollen in Julias Datsche übernachten. Tut mir leid."

„Aber sie wollte doch, dass ich … Ich meine, sie wollte, dass ich sie unbedingt noch mal anrufe."

„Tja, sie war den ganzen Tag schon nicht gut drauf. Ich glaube, sie wollte heute einfach nicht alleine sein. Soll ich ihr was ausrichten? Morgen früh ist sie wieder zu Hause, weil sie mir vor der Schule noch helfen muss."

„Ich komme übermorgen nach Premnitz. Morgen geht leider nicht, weil ich noch Spätdienst habe. Gute Nacht."

Emilia verbrachte die Nacht also mit Julia in der Datsche, dort, wo wir uns zum ersten Mal nähergekommen waren. Ein Mix aus Gefühlen wütete in mir: Wut auf die Lage, in die mich meine Tante gebracht hatte, Schuld, nicht bei Emilia sein zu können, Unsicherheit und

Sehnsucht.

9

Am nächsten Tag ließ ich mich gegen meine Grundsätze von meiner Mutter krankschreiben und fuhr nach Premnitz. Das Telefonat mit Emilia hatte mich aufgewühlt. Ihre Verzweiflung duldete keinen Aufschub.

Emilias Tag im Werk endete am späten Nachmittag. Ich stellte mich vor das Tor und wartete. Bald strömten die Werktätigen dem Feierabend entgegen. Der Frost kroch mir unter die Haut und krallte sich in jeder Faser meines Körpers fest.

Endlich sah ich sie in einer Gruppe von Lehrlingen, die am Wasserturm vorbei zum Tor zog. Sie lachten, waren ausgelassen, balgten. Emilia wurde von einem dunkelhaarigen Lümmel in einem grünen Parka begleitet. Die beiden unterhielten sich angeregt, kicherten, berührten sich an den Armen und steckten ihre Köpfe zusammen – zu dicht für meinen Geschmack. Es schien, als stünde sie dem Lockenkopf nahe. Der Anblick verursachte mir ein dumpfes Ziehen im Magen und einen Stich ins Herz.

Nachdem sie mich entdeckt hatte, kreischte sie auf und rannte mir entgegen. Wir fielen uns in die Arme. Rasch zog sie mich von ihrer Gruppe weg.

„Schatz, was für eine Überraschung", freute sie sich und bedeckte mein Gesicht mit Küssen. „Du wolltest doch erst morgen kommen."

„Tja, nun bin ich heute schon da. Hab mir echt Sorgen gemacht."

Ich war erleichtert, doch unsere Begrüßung fühlte sich nicht so überwältigend an wie die am Wochenende zuvor.

„Was ist das für ein Typ?", fragte ich und deutete auf den Lockenkopf, der uns hinterherschaute.

„Ach, das ist nur Jens aus meiner Klasse. Ein ziemlicher Angeber."

Ich presste die Lippen zusammen und senkte den Kopf.

„Eifersüchtig?"

Unsere Blicke trafen sich wieder. Ihre Augen leuchteten magisch.

„Keine Sorge, Eric, du bist mein Freund, nicht er. Alles okay?" Sie packte mich an den Armen und schüttelte mich. „Sag, dass alles okay ist!"

In dem Moment rieselten Schneeflocken vom Himmel. Mein Frieren war verschwunden. Ich lächelte und nickte.

Wir gingen in Richtung Nexöstraße, wobei Emilia unser Tempo auf das eines Stadtbummels drosselte.

„Was war los gestern Abend?"

„Weißt doch, ich hab mich plötzlich so allein gefühlt und hatte Angst, dich nie wiederzusehen. Aber jetzt bist du ja da und alles ist wieder gut." Sie drückte mich fester an sich.

„Hängt sicher mit den Umständen bei dir zu Hause zusammen, oder? Jemanden zu pflegen, muss höllisch schwer sein."

„Genau, es ist die Hölle, unter den Umständen sowieso." Ihr Gesicht wurde von Traurigkeit und Verbitterung überzogen. Ihre Mundwinkel bebten. „Wir müssen noch rasch zu mir, ein paar Kleinigkeiten erledigen.“

„Ich kann dir ja helfen.“

„Hoffentlich ist mein Vater noch nicht da“, sagte sie, ohne auf mein Angebot einzugehen. Dann schob sie in einer anderen, aufgekratzten Stimmung nach: „Wollen wir danach wieder zu Julias Datsche? Und wir machen wieder durch, ja?“

Meine Antwort war ein langer und sanfter Kuss.

Als wir in die Wohnung traten, peilte Emilia zunächst die Lage. Ihr Vater war noch nicht zu Hause.

„Warte hier so lange, bis ich meine Mutter zurechtgemacht habe“, bestimmte sie und schob mich in ihr Zimmer. „Du kannst dir ja so lange was zum Lesen nehmen oder Musik hören, okay?“

„Aber ich muss doch deiner Mutter erstmal guten Tag sagen“, wandte ich ein.

„Antrag abgelehnt.“

„Ich bestehe darauf. Sonst denkst sie, ich bin ein Flegel.“

„Also gut, aber nur kurz.“

Frau Fiedler saß in einem Sessel im Wohnzimmer mit einem Buch auf dem Schoß. Ich stellte mich vor und wir begrüßten uns. Ihr gutmütiges Gesicht lächelte gewinnend. Sie wirkte vorzeitig gealtert, trug einen gestrickten Rollkragenpullover und ein verwaschenes Haushaltskleid. Ihre Haare waren ergraut.

Emilia schickte mich in ihr Zimmer, von wo aus ich hörte, wie sie ihre Mutter ins Bad brachte, ihr beim An- und Auskleiden half, sie duschte und dabei von ihrem Tag erzählte. Währenddessen saß ich an ihrem winzigen

Schreibtisch, über dem ein Regal mit einem Kassettenrecorder angebracht war. Tapes mit Klassik, Punk und progressiver Musik stapelten sich neben Notenheften und Bühnenstücken. Hinter dem ramponierten Kleiderschrank lehnte eine Gitarre, auf ihrem Bett thronte ein Teddy. Überall hingen Poster von The Clash, Patti Smith und den Ramones. Ihr kleines Reich hätte dringend eine Renovierung nötig gehabt. Die geblümte Tapete war vergilbt, die Gardinen grau.

Schließlich trafen wir uns zum Tee im Wohnzimmer.

„Emilia hat mir schon viel von dir erzählt", sagte Frau Fiedler schwerfällig und abgehackt. „Von deinem großen Plan. Medizin – das ist ja toll."

„Na ja, noch ist es nicht so weit. Erst muss ich mal die Abendschule schaffen und dann brauche ich noch einen Studienplatz. Aber ich bemühe mich jetzt um eine Stelle als Pfleger. Vielleicht klappt das schon ab Januar."

„Was? Davon wusste ich ja noch gar nicht", rief Emilia erfreut. „Du machst also wirklich ernst?"

„Ja, bei der BVB ist es unerträglich geworden. Ich muss da raus, sonst kriege ich einen Koller."

„Das ist eine gute Arbeit, Pflege", meinte Emilias Mutter. „Ich würde auch lieber arbeiten, als hier in der Wohnung gefangen zu sein. Meine Kollegen fehlen mir am meisten. Hin und wieder kommt mich zwar einer besuchen, aber das ist nicht dasselbe. Hätte ich bloß nicht so viel gearbeitet und mehr Zeit mit Freunden verbracht, mir mehr Freude gegönnt. Und jetzt …"

Tränen quollen ihr aus den Augen. Emilia reichte ihr ein Taschentuch und ich bemerkte, dass Frau Fiedlers rechter Arm offenbar gelähmt war. Sie tat mir leid, eine Frau, die im Chemiewerk eine Abteilung geleitet und voll im Leben gestanden hatte. Nun konnte sie ihre eigenen vier Wände nur noch im Rollstuhl verlassen.

„Ich falle allen zur Last", klagte sie. „Wenn ich dich nicht hätte, Kind."

„Ist ja schon gut, Mama."

Wir unterhielten uns über Emilias Lehre, ihre schauspielerischen Ambitionen und Literatur. Frau Fiedler waren für die langen, einsamen Stunden nur ihre Bücher geblieben. Regale und Schrankwand quollen davon über. In einer Ecke stand das kleine Klavier, auf dem Emilia bei meinem ersten Besuch gespielt hatte. Als sie es noch konnte, hatte die Mutter der Tochter darauf die Noten beigebracht.

Plötzlich drehte sich ein Schlüssel im Schloss der Wohnungstür. Im selben Moment verschwand die ausgelassene Stimmung. Emilia und ihre Mutter tauschten einen vielsagenden Blick. Was ich als Nächstes zu hören bekam, brannte sich in mein Gehirn ein.

„Hallo", rief die rauchige Stimme, die ich bereits kannte, in den Flur. „Ist das kleine Vieh schon zu Hause?"

Hatte ich mich verhört? War jemand wirklich imstande, seine Tochter Vieh zu nennen? Ich war fassungslos und fühlte mich, als hätte sich das Sofa unter mir verflüssigt. Emilia erstarrte, schien aber wiederum nicht so erschüttert, als hörte sie den Ausdruck zum ersten Mal.

„Wir haben Besuch, Papa" rief sie zurück. Dabei sah sie mich an, schloss kurz die Augen und schüttelte den Kopf, um mir klarzumachen, mich nicht einzumischen.

Ein Hüsteln, dann trat ihr Vater zu uns. Sein weißer Löwenschopf passte zu den raumgreifenden Gesten und der Intensität dieses Mannes.

„Ah, der Freund, der Emilia die Texte gebracht hat. Guten Tag.“ Die Verstörung, die seine Worte verursacht hatte, überging er.

„Guten Tag“, erwiderte ich gepresst.

„Die Herrschaften trinken Tee. Darf ich mich dazu setzen?“

Ohne eine Antwort abzuwarten, pflanzte er sich in den freien Sessel. „Holst du mir eine Tasse, Emilia?“

Gehorsam stand sie auf und ging in die Küche. Eine Schranktür quietschte, es klapperte und dann zerschellte Geschirr auf dem Boden.

Herr Fiedler verdrehte die Augen. „Schwierig, schwierig. Sie macht alles kaputt, lässt keine Gelegenheit aus. Sobald ich ihr den Rücken kehre und nicht alles alleine mache.“

„Na und“, warf ich ein, „war doch nur ’ne Tasse.“

Eine Sekunde stutzte ihr Vater, um schließlich aufgesetzt amüsiert auszurufen: „Ach, tatsächlich? Theoretisch mag das ja die richtige Einstellung sein, junger Freund. Aber in dem Fall glaube ich kaum, dass Sie wissen, wovon Sie sprechen.“

„Von einer Tasse.“ Obwohl sich mir die Därme verknoteten, lächelte ich breit.

Emilia kam zurück, knallte die Tasse auf den Tisch vor ihren Vater und goss ihm aus beträchtlicher Höhe Tee ein, sodass es laut plätscherte. Für die Provokation fing sie sich einen missbilligenden Blick und ein Kopfschütteln ein.

„Also nee, ganz die Mama“, beschwerte sich Herr Fiedler. „Wer soll das bitte aushalten?“

Er zündete sich ein Zigarillo an, nahm einen tiefen Zug und schwängerte mit dem Qualm die Luft.

„Muss das jetzt sein, Werner?“, fragte seine Frau und ich pflichtete ihr mit einem Blick bei.

„Es gibt was zu feiern“, überging Vater Fiedler die Bemerkung seiner Frau und nahm einen weiteren Zug. „Heute ist nämlich mein Glückstag. Ihr werdet staunen. Auf der Werksleiterversammlung wurde der Stand bei der Erfüllung des Planes verkündet. Und nun ratet mal, welcher Bereich am besten dasteht. Ganz genau, der Bereich automatisierte Kassettenproduktion, Papas Bereich. Werksleiter Meyer meinte, ich sei ein einfallsreicher sozialistischer Leiter. Ist das nicht großartig?“

„Ganz toll, Werner“, sagte Frau Fiedler und es klang, als hätte er beim Mensch-ärgere-dich-nicht eine ihrer Figuren herausgeworfen.

Emilia betrachtete ihre Fingernägel.

Es folgte ein Abriss von Fiedlers langem Weg zum zukünftigen Werkschef. Direktor Meyer ging nächstes Jahr in Rente.

„Wenn du es unbedingt willst“, erklärte er, „kannst du mit harter Arbeit alles erreichen.“ Die Schuld für Dinge, die schiefgelaufen waren, lag bei den „Vollidioten“. Kollegen, die ihm zu Diensten waren, idealisierte er hingegen als „großartige, feine Kerle“.

„So, Herr Direktor in spe“, unterbrach Frau Fiedler mit

kloßiger Stimme den Redefluss ihres Mannes, „wollen wir uns jetzt nicht auch etwas von unserem Gast erzählen lassen?“

Herr Fiedler hüstelte, brabbelte etwas von „noch nicht ganz fertig“, ließ mich aber schließlich gewähren. Eigentlich hatte ich kein Bedürfnis, Dinge aus meinem Leben vor diesem Mann preiszugeben. Ich wollte mit Emilia zur Datsche. In knappen Sätzen erzählte ich von den Zuständen bei der BVB, meinem Abi- und Studienwunsch und rutschte immer unruhiger auf dem Sofa hin und her.

„Wäre es nicht klüger, die Laufbahn bei der BVB weiterzuverfolgen und es dort zu etwas zu bringen?“, meinte Herr Fiedler in väterlichem Ton. „Da gibt es doch sicher viele Möglichkeiten, sich zu entwickeln. Den Abteilungsleiter scheinen Sie ja immerhin auf Ihrer Seite zu haben. Medizin, ist das auf dem zweiten Bildungsweg nicht eher ein Luftschloss?“

„Mag sein“, entgegnete ich prompt, „aber mit der BwFi bin ich durch.“

„Mh. Was sagen denn Ihre Eltern dazu?“

„Meine Mutter unterstützt mich, wo sie kann, und meinem Vater dreht sich der Magen um.“

„Tatsächlich? Fühlen Sie sich denn wohl damit, wenn sich Ihr Vater ihretwegen solche Sorgen macht? Vielleicht wäre es besser, seinen Erfahrungen mehr Vertrauen zu schenken.“ Mehrdeutig wedelte er mit der Hand und sah abwechselnd zu mir und Emilia.

„Ach, wissen Sie, eine innere Stimme rät mir, diesen Weg zu gehen. Inzwischen weiß ich, dass es das Richtige ist. Fragen Sie denn jemanden, ob Sie Direktor werden sollen oder nicht?"

„Ganz bestimmt nicht." Herr Fiedler lachte auf, hustete und schlug mir gönnerhaft auf die Schulter. „Für mich ist das sonnenklar."

Von Emilia erntete ich einen bewundernden Blick. Nachdem sie ihrer Mutter noch deren Tabletten verabreicht hatte, verabschiedeten wir uns endlich.

10

Der Neuschnee lag inzwischen mehrere Zentimeter hoch und Dunkelheit hatte sich über die Stadt gesenkt. Wir fassten uns an den Händen und liefen der Datsche entgegen. Von der Atmosphäre bei den Fiedlers war ich so deprimiert, dass ich kein Wort herausbekam.

„Du möchtest sicher eine Erklärung", durchbrach Emilia mein Schweigen. „Eigentlich will ich ja nicht darüber reden. Mein Vater meint es nicht so. Er sagt öfter schlimme Sachen im Scherz. Er …"

Ich blieb stehen, sah ihr in die Augen und fasste ihre Hände. „Im Scherz? Ich fasse es nicht."

In ihrem Gesicht bebte es, ihr Blick war fragend und schließlich schien sie zu verstehen, dass ich ihren Vater durchschaut hatte. Er war kalt, ein Karrierist, der seine Familie tyrannisierte. Sie senkte den Blick und ihre Augen füllten sich mit Tränen. Ergriffen drückte ich sie an mich und streichelte ihr über das Haar.

„Er ist ein überheblicher, skrupelloser Kerl", platzte es

mit zittriger Stimme aus ihr heraus. „Dazu hält er sich für einen der genialsten Typen der gesamten DDR."

Ihre Tirade wurde immer wieder von Schluchzern durchbrochen.

„Und dann diese moralpredigerhafte Art – zum Kotzen! Dabei tue ich schon alles, um ihn nicht zu reizen. Trotzdem hackt er jeden Tag auf mir rum. Das tut so weh." Sie presste sich an mich. „Was soll ich nur machen, Eric? Er ist doch mein Papa."

Ich entwand mich ihrer Umarmung und überlegte. Mir fiel nur eine Lösung ein: „Du musst da so schnell wie möglich raus!"

Emilia nickte verbittert und biss sich auf die Lippe. „Und wie, Eric? Ich kann meine Mutter doch nicht mit diesem Mann alleine lassen."

„Schöner Mist. Solche Probleme sollten wir nicht haben."

„Lass mal, bald haue ich ab aus Premnitz und komme zu dir nach Berlin. Wird schon irgendwie alles."

Wir stapften weiter durch den Schnee und kamen an einem Konsum vorbei, wo wir kauften, was der Laden hergab: Wiener Würstchen, Sahne, Spaghetti und eine Flasche Sekt.

„Wie wird man so wie dein Vater?", fragte ich auf dem letzten Stück. „Mir will das nicht in den Kopf."

„Ha", lachte Emilia verächtlich auf, „da müsstest du erst mal seine Mutter kennenlernen. Das ist eine eiskalte Schlunze."

Sie erzählte, dass ihre Oma gegen Ende des Zweiten Weltkriegs alleinerziehend gewesen und ihr Mann gefallen sei. Sie hatte erneut geheiratet, doch dem Stiefvater war der anvertraute Spross fremd geblieben. Da auch die Mutter ihm keine Liebe hatte schenken können, überwucherten Leere und Härte Werner Fiedlers Kindheit. So hatte er sich zu dem entwickelt, der er heute war.

In Julias Hütte improvisierten wir Spaghetti Carbonara und stießen mit Sekt an, was uns kurzzeitig aus der trüben Stimmung riss.

In der Schlafkajüte bot sich mir ein chaotisches Bild. Mit aufgerissenen Augen starrte ich auf die zerknitterten Laken und ineinander verdrillten Decken. Fantasien vom wildesten Sex, den je zwei Menschen miteinander gehabt haben, schossen durch mein Hirn.

Emilia berührte mich an der Schulter, ich zuckte zusammen.

„Alles gut, Eric. Julia und ich hätten aufräumen sollen."

„Für einen Moment dachte ich …"

Als tadelte sie ein ungezogenes Kind, zog sie einen Schmollmund, schüttelte den Kopf und legte ihren Zeigefinger auf meinen Mund. Ihre Augen zerstäubten meine Zweifel.

Wir richteten das Bett wieder her, zogen uns bis auf die Unterwäsche aus und kuschelten uns in die Decken. Ich legte mich auf den Rücken und Emilia schmiegte ihren Kopf an meine Brust.

„Nun hast du so viel über mich erfahren", sagte sie, „da wäre es schön, wenn du mir auch ein bisschen mehr von dir erzählen könntest. Viel weiß ich ja noch nicht über dich. Worauf fährst du eigentlich so richtig ab, Eric?"

„Am liebsten sitze ich vor meiner Anlage", fing ich an,

„und rocke wie ein Verrückter die Welt. Dabei komme ich manchmal in richtige Rauschzustände. Kennst du das?"

„Klar, ich schwebe auch gern auf den Wellen der Musik dem All entgegen."

„Und 'ne Genehmigung, in den Westen fahren zu können", schwärmte ich, „zu Konzerten in die Hollywood Bowl oder die Waldbühne – das wär's. Drüben würde ich einen Tieflader voll Vinyl und CDs einsacken."

„Und wir beide könnten nach Paris und London düsen."

„Oh Süße, das wär so geil!"

Emilia sprang unvermittelt auf und schaltete das Radio an: AFN, der amerikanische Sender, in dem gerade ein Stück von den Doors lief. Dann kam sie zurück, kuschelte sich wieder an mich und fragte, was ich alles bereue.

„Ich war bisher ein verdammt fauler Hund und hab mir eine Suppe eingebrockt, die ich in den kommenden Jahren mühsam in der Abendschule auslöffeln muss."

„Oh, wie schlimm", feixte sie. „Und das soll alles sein?"

„Nee, echt, ich hab viel zu viel Zeit verplempert. Alex und ich hatten während der Lehre nur Grütze im Kopf. Wir waren ein gefürchtetes Duo und haben die Leute bis an den Rand der Gemeinheit und darüber hinaus verarscht und ihnen das Leben zur Hölle gemacht. Das bereue ich jetzt."

„Ich weiß."

„Was? Woher?" Perplex suchte ich in ihren Augen die Antwort.

„Weil so ein fieser Typ nicht bei mir gelandet wäre",

erklärte sie trocken und tippte auf meine Nase. „Du musst dich also geändert haben."

„Hattest du mal so einen Typen?", wagte ich mich vor. Zu gern hätte ich etwas über ihre Verflossenen erfahren.

„Wir sind noch bei dir, Schatz. Nicht ablenken!"

„Okay, soll ich dir was über die Briefmarkensammlung meines Großvaters erzählen?"

„Echt jetzt?", kicherte sie. „Was ist langweiliger?"

„Kein Witz, Emilia. Das ist total wichtig. Pass auf. Ende der Siebziger stand plötzlich ein halbes Dutzend Männer in grauen Mänteln vor unserer Tür. Sie hatten einen Durchsuchungsbeschluss und beschlagnahmten die wertvolle Sammlung meines Opas. Dabei unterstellten sie ihm, er habe illegalen Handel damit betrieben und zwanzigtausend Mark Steuern hinterzogen. Na, wie er dann von ausländischen Tauschpartnern erfuhr, tauchten seine Briefmarken später bei Händlern im Westen wieder auf. Die DDR hatte sie zu Devisen gemacht."

„Was für verdammte Schweine", regte sich Emilia auf.

„Seitdem sind mir die Graumäntel verhasst. Irgendeiner hatte den Devisenbeschaffern einen Tipp gegeben. So genau kann man sich gar nicht überlegen, was man wem erzählt. Bei meinem Opa ging es doch nur um Briefmarken."

„Dieses verdammte Misstrauen macht einen kaputt." Emilia kuschelte sich fester an mich. „Nur dir vertraue ich, mein Schatz."

„Und mein Opa war kein Niemand, sondern ein ziemlich hohes Tier, Professor und Leiter der Zentralverwaltung für Statistik." Bei dem Gedanken an meine Großeltern musste ich schlucken, stockte und war den Tränen nahe. „Seinen Job war er dann auch los. Und meine Oma bekam plötzlich Alzheimer, völliger geistiger und körperlicher Verfall im Eiltempo. Daran ist sie zwei Jahre später gestorben. Ich glaube, das hing alles mit dem staatlich organisierten Raub zusammen. Auch mein Opa starb kurz danach an einem Herzinfarkt.“

Es tat gut, mir diese Dinge einmal von der Seele zu reden. Eine halbe Stunde später schliefen wir ein.

In den frühen Morgenstunden, draußen war es noch stockfinster, weckten mich Emilias Hände. Zunächst streichelten sie über meine Brust, meinen Bauch und meine Schenkel, dann mutiger über meine Hose. Spielerisch schlüpften wir aus unseren Kleidern, küssten uns innig und ich liebkoste ihren wundervollen Körper.

Bald waren wir aufs Höchste erregt. Mir schwanden fast die Sinne. Ich rang nach Atem, verging und war nicht mehr ich selbst.

Erschöpft und glücklich genossen wir unsere Erfüllung. Dann kicherte Emilia, noch auf mir liegend, und begann, ihre Vagina rhythmisch zusammenzuziehen und wieder zu entspannen. Anfangs fand ich das witzig, was sie animierte, die Tändelei weiterzutreiben. Die Existenz einer solchen Praktik hatte ich bis dahin nicht für möglich gehalten, und sie verstörte mich.

„Okay, genug“, forderte ich sie auf und grinste verzerrt, „runter jetzt von mir!“

„Oh, gefällts dir etwa nicht, Schatzi?“ Mein Protest spornte sie noch mehr an.

Schließlich befreite ich mich energisch, setzte mich auf,

presste die Lippen aufeinander und raufte mir die Haare. Dann krallte ich die Finger ins Laken.

„Was ist dir denn über die Leber gelaufen?“ Sie legte ihren Arm um meinen Hals, doch ich stieß ihn weg.

„Wie viele Typen hattest du eigentlich schon? Das ist doch …“

„Das ist was?“, fragte sie gereizt und setzte sich kerzengerade auf. „Hältst du mich für ein Flittchen oder was?“

Ihre Halsarterien pulsierten, sie reckte das Kinn vor und zog die Augenbrauen zusammen. Ein stechender Blick traf mich.

„Nun sag schon!“

„Viele!“, schrie sie und hob eine geballte Faust. „Bist du jetzt glücklich, verdammt noch mal?“

Ich stieß einen sarkastischen Lacher aus. „Das war klar.“

„Viele, viele, viele – immer und immer wieder!“ Tränen schossen in ihre Augen, sie schubste mich und hackte mit ihren Händen in der Luft herum. „Du spinnst wohl, dich hier so aufzuführen, was?“

„Jetzt krieg dich wieder ein!“, schrie ich in Rage zurück.

„Viele … viele“, brach sie in hysterisches Schluchzen aus. „Hau ab, du Idiot! Hau ab, raus hier!“

Sie schlug mit flachen Händen auf mich ein. Es knallte auf den Wangen, doch Schmerzen spürte ich nicht. Meine Sachen flogen durch den Raum und schließlich vor die Tür, wohin auch mich ihre Raserei trieb.

Unter Schock fand ich mich in knöchelhohem Schnee wieder. Zitternd zog ich mich an. Mein Pullover fehlte, doch trotz der Kälte hätte ich um keinen Preis den Weg zurück in die Datsche gesucht.

Wie betäubt stampfte ich davon. Ein erstes Morgengrauen kroch über den Horizont. Lautlos fiel Schnee und umfing mich wie ein Vorhang. Die Siedlung lag in tiefer Stille, sodass ich mein verzweifelt hämmerndes Herz hörte.

Ich war von dem Vorfall so verwirrt und deprimiert, dass ich an nichts mehr denken konnte, nur, dass es aus war.

Während der Zugfahrt nach Berlin heulte ich, bis ich keine Tränen mehr hatte.

11

Zu Hause legte ich mich sterbensmatt aufs Bett, um meinen düsteren Ängsten zu entrinnen. Natürlich bekam ich kein Auge zu. Die schrecklichen Bilder unseres Streits gingen mir wieder und wieder durch den Kopf. Sah so das abrupte Ende meiner großen Liebe aus, kaum bevor sie richtig begonnen hatte?

Ich sprang auf und tigerte wie ein in die Enge getriebenes Tier durch die Wohnung. Zunächst quälte mich ein unerträgliches Zittern am gesamten Körper. Dann bekam ich Schmerzen in der Brust und fürchtete, wie mein Großvater an einem Herzinfarkt zu sterben. Ich warf mich zu Boden, atmete stoßweise ein uns aus und war überzeugt, verrückt zu werden und in der Psychiatrie zu landen.

Auf dem Teppich kam mir die Idee, sofort zurück nach Premnitz zu fahren, mich Emilia vor die Füße zu werfen und um Verzeihung zu bitten. Ich wand mich wieder hoch, suchte in den üppigen Vorräten meiner Tante eine Flasche Goldkrone und nahm mehrere kräftige Schlucke. Der Schnaps brannte hinter dem Brustbein und ließ mich die Dinge ein klein wenig nüchterner betrachten.

Die Idee war abwegig, befand ich. Ich durfte sie nicht bedrängen. Und trug nicht auch Emilia Schuld an der Eskalation? Sicher war sie durch ihre vielen Probleme überreizt. Da hatte ein Funke genügt, sie zum Ausrasten zu bringen.

Statt sie zu besuchen, beschloss ich, ihr einen Brief zu schreiben. Ich ließ jeglichen romantischen Zuckerguss weg und schrieb ihr in zwei Sätzen, wie leid mir mein Verhalten tat. Darunter setzte ich: *Ich liebe dich, Eric.*

Ein mögliches Ende unserer Beziehung blendete ich so gut es ging aus. Andernfalls hätte ich mich bei der Vorstellung daran vielleicht vor einen Zug geworfen. Auf jeden Fall aber hätte ich nicht funktioniert.

Ich schnappte mir Sir Henry und ging mit ihm Gassi. Mein Zustand übertrug sich auf den Hund, der die gesamte Zeit über den Schwanz einkniff, verstört guckte und mich rasch wieder nach Hause zog. Unterwegs versenkte ich meine Zeilen an Emilia im Briefkasten und betete, dass alles sich zum Guten wenden möge.

Als ich zurück in die Wohnung kam, klingelte gerade das Telefon. Meine Mutter war am anderen Ende der Leitung.

„Wie gehts dir, mein Schatz?", fragte sie mit einem

problematischen Klang in der Stimme.

„Im Prinzip gut, nur …“, antwortete ich und schob rasch nach: „Wirklich, ganz gut.“

Im Prinzip gehts mir gut, Mama, nur hat mich meine Freundin gerade rausgeschmissen. Eigentlich bin ich am Ende und selbstmordgefährdet. Sonst ist alles in bester Ordnung. Ich lebe, habe zu essen, ein Dach über dem Kopf …

„Wirklich?“, hakte sie nach.

„Ja, ja, alles okay.“

„Ich habe leider schlechte Nachrichten. Frau Burnescheid hat mit der Kaderleitung im Pankower Krankenhaus geredet. Da führt auf absehbare Zeit kein Weg rein, die haben absolut gar nichts frei.“

„Verdammt, das ist mies. Und nun?“ Ich umkrallte den Hörer fester als nötig und dachte, dass ein Unglück selten allein kommt.

„Ich bleibe auf jeden Fall dran“, sagte sie aufmunternd, „und höre mich in anderen Krankenhäusern um. Falls das nicht bis Januar klappt, musst du eben so lange bei der BVB bleiben, bis wir eine Stelle für dich gefunden haben.“

„Nein, Mama, nur das nicht. Besorg mir irgendwas, wo ich Haken im OP halten oder Leuten den Hintern putzen muss. Aber bei der BVB arbeite ich auf keinen Fall weiter.“

„Soll das etwa heißen, du willst ab Januar keiner geregelten Arbeit mehr nachgehen?“

„Wenn es sein muss, auch das.“

„Dann dreht Papa durch.“

„Mir fällt schon was ein. Von mir aus als Kellner in irgendeiner Stampe oder Straßen fegen. Am besten ist es, du lässt es einfach nicht dazu kommen und besorgst mir einen Job."

„Meine Güte, du setzt mich ganz schön unter Druck, weißt du das?"

„Ja, ich weiß."

Ich bedankte mich artig für ihre Unterstützung und verteilte Lob und Anerkennung mit Sahnehäubchen. Aus Erfahrung wusste ich, dass meine Mutter sonst furchtbar beleidigt reagieren konnte.

Nachdem ich aufgelegt hatte, genehmigte ich mir einen weiteren Humpen Goldkrone, setzte mich vor meine Anlage und hörte schwermütig die *Songs Of Love And Hate* von Leonard Cohen.

Am Nachmittag stand plötzlich meine Tante im Zimmer. Da ich in anderen Sphären schwebte, hatte ich ihr Kommen nicht bemerkt. Sie wirkte verlegen, keine Spur von ihrer sonstigen Gelöstheit. Als sie mich ansprach, senkte sie den Blick.

„Wollen wir einen Kaffee trinken?"

„Ja, gern, ich kann einen brauchen."

Sie zog sich ihre verwaschene Kittelschürze über, kämmte sich ihr braun gelocktes Haar und dann setzten wir uns zusammen in die Küche.

„Ich war heute im Reisebüro", erzählte sie. „Nächstes Jahr scheint es endlich mit meiner Reise nach Kuba zu klappen. Ein guter Tag, was meinst du?"

„Klar, das wäre toll. Wird ja auch Zeit nach sechs Jahren."

Von Moni hatte ich die Liebe für Fidel Castro geerbt. Sie hatte sogar ein Autogramm von ihm und stapelweise Bücher über die kubanische Revolution. Obwohl sie das unschätzbare Talent besaß, mir abgesehen von ihren Exzessen nicht auf die Nerven zu gehen, spürte ich, dass es ihr heute um etwas anderes als einen Smalltalk über Kuba ging. Ich hatte mich nicht getäuscht. Sie bekam feuchte Augen. Das kannte ich schon. Nur nicht heute, dachte ich.

„Mein Schatz, was da vorgestern gelaufen ist, tut mir unendlich leid. Wirklich, ich …“

„Schon gut, Moni, längst vergessen.“

„Doch, ich muss dir was Wichtiges dazu sagen.“ Ihre Stimme bebte. „Gestern habe ich mich nicht mal mehr daran erinnert, was ich am Abend zuvor getan hatte. Ich habe nur eine dunkle Ahnung, dass du irgendwie wütend auf mich warst. Dabei bist du doch der letzte Mensch, dem ich wehtun will.“

„Ich weiß, Moni. Ich hätte nur den Trabi gebraucht, um schnell zu Emilia nach Premnitz zu fahren. Inzwischen hat sich aber alles geregelt.“

„Ach was, das freut mich aber.“ Sie schob ihre Brille ein Stück den Nasenrücken hinauf und gab Sir Henry eine Streicheleinheit. „Weißt du, ich hatte es mir am Morgen vor der Betriebsversammlung so fest vorgenommen, doch dann ist es wieder anders gekommen. Ich meine, ich wollte bestimmt nichts trinken, keinen Schluck, doch diese Angst … Ich wollte sie einfach nicht mehr spüren. Wenn ich was trinke, dann fühle ich mich weniger verletzlich, kann klar und ohne Zurückhaltung argumentieren. Das macht mich stark vor meinen Kollegen.“

Ich nickte, um anzudeuten, dass ich verstand.

„Es wäre so schön, keine Debatten mehr mit mir selbst darüber führen zu müssen und etwas zu tun, von dem ich genau weiß, dass es mir nicht guttut. Das wäre der direkte Weg für mich in den inneren Frieden. Ich will dir doch keinen Kummer machen.“

Mit Schmollmund und gehobenen Brauen signalisierte ich ihr, dass genau das durch ihren Alkoholismus geschah.

„Schließlich bist du wie ein Sohn für mich, mein Ein und Alles und …“

Sie konnte nicht weitersprechen und brach in Tränen aus. Ich stand auf, nahm sie in den Arm und tröstete so auch mich selbst. Nach einer kleinen Ewigkeit ließ sie mich los und wir setzten uns wieder.

„Ab heute trinke ich keinen Tropfen Alkohol mehr, das schwöre ich dir!“

Auch das war nichts Neues. Alles Versprechungen in den Wind, dachte ich. Dennoch versuchte ich, ihr zu helfen, die Dämonen endlich auszutreiben.

„Das ist echt ein guter Vorsatz, Moni“, bestärkte ich sie in ihrem Vorhaben. „Aber wie sieht dein Plan aus, ganz konkret?“

„Ich gehe zu den Anonymen Alkoholikern und rede mir alles von der Seele.“

„Das ist gut. Es gibt nichts zu verharmlosen. Die Anonymen werden allerdings nicht reichen, fürchte ich. Du musst die Hintertür schließen und dich nicht mehr selbst betrügen.“

„Was meinst du?"

„Ich würde ein kleines Ritual abhalten, mir eine Kerze anzünden und ein letztes Glas des leckersten Cognacs kredenzen. Das leerst du dann und schwörst, nie wieder etwas zu trinken. Vorher musst du dich natürlich uneingeschränkt mit dem Gedanken anfreunden. Alkohol bringt dir keinen Genuss, keinen Vorteil. Ansonsten führe dir die Alternative vor Augen: den Rest des Lebens weitersaufen und dir die Gesundheit ruinieren. Ist doch eigentlich eine ganz einfache Entscheidung, findest du nicht?"

Sie biss sich auf die Lippe, fixierte mich. „Du hast recht, Aufhören ist zwar hart, aber das kleinere Übel."

„Aber sicher, so bist du endlich frei."

„Dann habe ich auch mehr Zeit, dir zu helfen, dich zu bekochen und dir Russischnachhilfe zu geben." Voller Tatendrang stand sie auf und rieb sich die Hände. „Weißt du was, ich setze mich gleich ran und schreibe dir einen Grammatikextrakt, mit dem du schneller in die Sprache hineinfindest als irgendwie sonst."

Drei Nachtdienste mit meinem neuen Schichtpartner Bernd standen an. Mies gelaunt setzte ich mich in die U-Bahn und fuhr raus nach Friedrichsfelde.

Doch welch eine Überraschung! Die Grippe hatte Bernd außer Gefecht gesetzt. Ein weiterer Lichtblick war, dass Detlef Alex als Ersatz eingesetzt hatte. Seit dem U-Bahnbrand durfte ich schließlich nicht mehr alleine arbeiten. Als mein Großvater gestorben war, damals, zu Beginn unserer Lehre, war es Alex gewesen, der meine

Trauer durch unsere Verbundenheit erträglicher gemacht hatte. Auf diesen Effekt hoffte ich auch in den kommenden Nächten, auch wenn ich nicht vorhatte, ihm meine Probleme mit Emilia anzuvertrauen.

Wir begrüßten uns herzlich, machten Kaffee und wärmten witzige Anekdoten über unsere Lehre auf, die voller Unbeschwertheit verlaufen war. Hatten wir etwas in den Sand gesetzt, gepfuscht oder schlicht die Arbeit verweigert, hatten nie ernste Konsequenzen oder gar die Entlassung gedroht.

Irgendwann wechselten wir das Thema.

„Wenn meine Mutter nicht mit Renker geredet hätte“, berichtete ich Alex von meinen Schwierigkeiten nach dem U-Bahnbrand, „hätten die mir glatt einen Verweis übergebraten. Detlef ist so ein hinterhältiger Sack. Dann wäre ich hier für Jahre nicht weggekommen.“

„Hast du denn was anderes in Aussicht?“

„Das ist noch geheim, aber ich kündige und fange ab Januar als Pfleger an. Ich hab zwar noch keine Stelle, aber hier ziehe ich auf jeden Fall die Reißleine. Nächstes Jahr startet auch der Vorkurs zum Abi.“ Ich umklammerte die Kaffeetasse und klimperte mit den Lidern. „Huh, ich bin schon schön nervös, das kann ich dir sagen.“

Einen Moment öffnete Alex den Mund, kräuselte die Lippen und kratzte sich seine mit Gel gestylten schwarzen Haare.

„Pfleger – hast du dir das auch gut überlegt, Eeeeric?“, fragte er ironisch. „Urinkellner, Omis den Hintern putzen, Knicks machen vor dem Chefarzt. Meinst du echt, das ist das Richtige für dich?“

„Wird sicher kein Zuckerschlecken. Aber wenn mir das nichts ist, findet sich was anderes.“

„Ich hab mich auch mal umgesehen, in den Theatern. Beim Berliner Ensemble wird nächstes Jahr vielleicht eine Stelle als Toningenieur frei. Das wär’s. Ich freue mich auch schon, wenn ich Detlef die Kündigung auf den Schreibtisch knallen kann.“

Alex malte seine Karriere als Soundmann breit aus. Vielleicht würde er so später die Chance bekommen, mit einer Band durch den Westen zu touren und sich abzusetzen – ins Land seiner Träume.

Nach unserer Unterhaltung las ich bis Mitternacht *Einer flog über das Kuckucksnest* und Alex zeichnete mit Kohlestiften eine Karikatur von Detlef. Das Bild zeigte ihn mit Minikopf und riesigen Dauerwellen. Wir schütteten uns aus vor Lachen.

Zu Betriebsschluss der U-Bahn mussten wir schließlich doch noch raus, um das Antennenkabel im Tunnel bis zum Bahnhof Otto-Grotewohl-Straße zu kontrollieren – eine Schikane Detlefs.

Also fuhren wir mit unserem Werkstatt-Trabi zum Alexanderplatz und tauchten dann in die Betonröhre ein, die sich unterirdisch durch die Stadt schlängelte. Eigentlich tat Detlef mir mit dieser Tour einen Gefallen, denn ich mochte die morbide Atmosphäre, den Graphitgeruch und die vollkommene Stille. Die spärlich beleuchtete Landschaft aus geschwärzten Wänden, Schotter und Stahl hätte gut als Kulisse für einen Endzeitfilm gepasst.

Das Kabel führte knapp unter der Decke an der Wand entlang. Plastikschellen sollten es festhalten, sprangen aber manchmal ab. Dadurch bildete das Kabel Schlaufen, die von Zügen erfasst werden und ein Desaster verursachen konnten. Wir notierten die Positionen der defekten Schellen, die ein Bauzug später reparieren würde.

Während der Streit mit Emilia in mir rumorte, philosophierten Alex und ich über Musik und die Genialität von Ken Hensley, dem Gehirn von Uriah Heep. Später diskutierten wir über die Perestroika in der Sowjetunion. Ich glaubte an die Möglichkeit einer Reform des Sozialismus und fand Gorbatschow glaubwürdig und seine Ansichten erfrischend. Alex hingegen schwor auf den American Way of Life und die Außenpolitik der USA, die ich in weiten Teilen verurteilte.

Kurz vor dem Bahnhof Klosterstraße kündigten ein Windzug und ein fernes Grollen einen Reparaturzug an. Alex und ich verließen das Gleis und grüßten unsere Kollegen, die gelangweilt irgendeiner Störung entgegenzuckelten. Nachdem sie passiert hatten, trat ich wieder zwischen die Schienen und trottete gedankenverloren dem rumpelnden Zug hinterher.

Dann hörte ich einen Schrei. Als ich mich umwandte, schrie Alex noch einmal - meinen Namen.

Im letzten Augenblick sah ich den zweiten Nachtzug, den der erste übertönt hatte. Die Kupplung an der Front war nur wenige Meter von mir entfernt, die Scheinwerfer blendeten mich wie die mörderischen Augen eines Wesens aus der Unterwelt, Bremsen kreischten ohrenbetäubend. Mit einem Hechtsprung rettete ich mich aus dem Gleisbett und rollte im Schotter ab. Hätte ein Träger meine Flugbahn behindert, wäre es mein sicheres Ende gewesen. Die Räder sprühten Funken, als das Stahlungetüm an mir vorbeidonnerte und schwerfällig zum Stehen kam.

Alex hatte mir das Leben gerettet.

Mit aufgerissenen Augen starrte ich auf den Zug, der vom harten Bremsen noch knarrte und erst sein Gleichgewicht wiederfinden musste. Mein Herz raste und ich begann, unkontrolliert zu zittern. Alex half mir hoch, legte einen Arm um mich und führte mich zu einer Bank auf dem Bahnhof.

„Scheiße, Eric, war das knapp! Ich hab gedacht, das wars.“

Der Lokführer war ausgestiegen und kam langsam auf uns zu, als müsse er sich erst fangen. Sein Gesicht war aschfahl. Alex regelte mit ihm, die Sache nicht an die große Glocke zu hängen. Kaum auszumalen, wie Detlef reagiert hätte.

Aus einem bestimmten Grund konnte ich nicht sprechen. Nicht, weil ich unter Schock stand und sich mein Mund anfühlte wie trockenes Leder, sondern weil ich an Emilia dachte. Wie schrecklich wäre es gewesen, so unvermittelt aus dem Leben gerissen zu werden. Ich hätte sie nie wiedergesehen und unser Konflikt vom Vortag hätte bis in alle Ewigkeit keine Chance auf eine Lösung gehabt. Die Vorstellung paralysierte mich.

Nach dieser Nacht betrachtete ich die Menschen und Dinge um mich herum mit größerer Aufmerksamkeit und hatte weniger Angst vor dem Tod. Mein ohnehin geringes Interesse an materiellen Dingen ließ weiter nach. Nur Emilia zählte und das, was ich mir vorgenommen hatte.

12

Zum nächsten Dienst brachte ich meine Schulbücher mit. Nach dem Erlebnis der letzten Nacht fühlte ich mich in nie gekannter Weise auf meine Aufgaben fokussiert. Meine Konzentration wurde nur gelegentlich von Flashbacks gestört, die mir eine Gänsehaut über den Körper jagten. Dann hatte ich wieder das Kreischen der Bremsen im Ohr, sah die grellen Scheinwerfer des Zuges vor Augen oder atmete imaginären Graphitgeruch ein. Ich war froh, als Alex Tee kochte und wir uns im Aufenthaltsraum trafen.

„Nach gestern sollten wir es entspannt angehen, meinst du nicht auch?" Alex hob den Hörer des Telefons ab und schmiss ihn gelangweilt wieder auf die Gabel. „Bleibt heute bestimmt so ruhig wie 'n schüchternes Prinzesschen."

„Wäre cool. Ich verkrümele mich nach hinten und schau mal in die Physikbücher aus der Zehnten. Dann tanze ich vielleicht nicht als völliger Idiot beim Vorkurs an."

„Ja, mach das und schlaf nicht gleich ein." Alex schlürfte Tee, rutschte auf seinem Stuhl hin und her und sah nach draußen in die Dunkelheit. „Hättest du was dagegen, wenn ich mich mal für zwei, drei Stunden zur Disco hier unten verkrümele? Katarina kommt auch und da dachte ich …"

„Geht klar", meinte ich lächelnd. „Wie könnte ich meinem Lebensretter etwas abschlagen."

„Müssen wir nur noch 'ne Störung erfinden, falls was

dazwischenkommt."

Das war unsere Masche, wenn wir uns mal abseilen wollten. Dann erfanden wir einfach einen defekten Verstärker, riefen mit verstellter Stimme als Dispatcher in der Zentrale an und meldeten eine Störung, die es gar nicht gab. Die Sache war riskant, hatte bisher aber immer funktioniert.

„Wenn du weg bist, rufe ich als Harry vom U-Bahnhof Tierpark an und melde die Bahnhofsbeschallung als defekt. Okay?"

„Super Idee, aber das mache ich schon selber vom U-Bahnhof aus. Wirkt authentischer." Alex massierte sich kurz die Nase. „Hast du vielleicht noch ein bisschen Kohle bei dir? Ich habe die letzten Scheine für zwei Springsteen-Scheiben verjubelt. Dreihundert Mark."

Das entsprach gut einem Viertel unseres Monatsgehalts mit allen Schicht- und Tunnelzuschlägen. Auch ich war wegen der teuren Westplatten dauernd pleite, jedoch nicht so gnadenlos wie Alex.

Ich zückte mein Portemonnaie und gab ihm zwanzig Mark. Er stylte sich seine Tolle, legte Aftershave auf und verschwand zu seiner Katarina, während ich mich an das Thema Wärmelehre setzte.

Im Hintergrund meines Kopfes spielte allerdings der Emilia-Blues. Auf meinen Brief hatte sie bislang nicht geantwortet, kein Anruf, Funkstille. Ein Desaster.

Eine Viertelstunde später klingelte das Telefon. Die Zentrale meldete erwartungsgemäß, die Beschallung auf dem Bahnhof Tierpark sei ausgefallen. Die BwFi würde sich darum kümmern, bestätigte ich den Eingang der

Störung und setzte mich grinsend wieder an meine Bücher.

Kurz vor Mitternacht hatte es sich jedoch mit dem ruhigen Dienst erledigt. Detlef stand plötzlich in der Werkstatttür.

„Heute Nacht ist vom Abteilungsleiter eine Havarieübung angesetzt worden“, erklärte er. „Rohrbruch Bahnhof Stadtmitte. Was jeder wo und wie zu tun hat, solche Sachen. Ist wegen dem Brand neulich. Da müssen wir wohl alle durch. Könnte mir Samstagnacht auch was Besseres vorstellen.“

Mein Bauch signalisierte mir, dass er log. Wie er durch die Werkstatt tigerte und die Räume inspizierte, verhieß nichts Gutes. Vor meinem Arbeitsplatz blieb er stehen und starrte auf die Bücher.

„Eeeeric, du sollst doch auf Arbeit keine Schulaufgaben machen! Hast du mich verstanden?“

„Aber ich bereite mich doch auf das Abitur vor“, protestierte ich und versuchte, so ehrlich wie möglich rüberzukommen. „Für die Initiative Mikroelektronik.“

„Ja, ja, das kannst du deiner Mutter erzählen. Ab sofort hat das ein Ende! Andernfalls …“

Unvermittelt unterbrach er seine Drohung und sah sich um, als suche er etwas. Wie hat er von meinen wahren Absichten Wind bekommen, überlegte ich. Dann bemerkte ich, worum es Detlef ging und begann hektisch an einer Strategie zu basteln.

„Wo ist eigentlich Alex?“

Ein stechender Blick traf mich. Die atmosphärischen Veränderungen in der Werkstatt seit seiner Ankunft bereiteten mir körperliches Unbehagen.

„Ach so, Alex, der ist auf Störung“, begründete ich sein Fehlen und deutete aus dem Fenster. „U-Bahnhof Tierpark, gleich hier unten.“

Eigentlich hätte er nur hingehen und sich selbst vom Gegenteil überzeugen müssen. Die Götter wissen, warum er sich stattdessen ins Büro einschloss und Telefonate führte. Ich versuchte, in der Nähe der Tür zu lauschen und vermutete anhand seines Tonfalls, dass er in der Zentrale und beim Dispatcher auf dem U-Bahnhof anrief.

Mit versteinerter Miene kam er aus seinem Kabäuschen.

„Du hast mich angelogen“, knallte er mir wütend entgegen. „Es gibt gar keine Störung. Diesmal kommst du mir nicht davon.“

„Die Zentrale hat hier angerufen, steht im Übergabebuch. Das können sie dir bestätigen.“

„Mag sein, aber ihr habt das abgekartet.“

„Alex ist nach der Meldung runter. Mehr weiß ich nicht.“

Nur ein paar lausige Wochen hatte ich in der BwFi noch durchzustehen. Mit einem Schlag wurde das Eis, auf dem ich stand, verdammt dünn.

„Ach, tatsächlich?“, meinte Detlef und musterte mich argwöhnisch.

Dann wechselte seine Stimmung. Er setzte Kaffee auf, stellte zwei Tassen auf den Tisch, fläzte sich auf den Stuhl und forderte mich auf, ihm Gesellschaft zu leisten.

„Weißt du was, Eric“, schlug er einen freundlichen Ton an, „das haben wir früher auch so gemacht. Besonders bei der Armee. Ich war auf einer Viermannstube und du kannst dir nicht vorstellen, wie einfallsreich wir im Erfinden von Streichen waren. Junge, was haben wir unsere Offiziere hinters Licht geführt."

Es folgten Anekdoten im Stil von *War 'ne tolle Zeit damals.*

„Deshalb verstehe ich voll und ganz, dass ihr euch mal verdrücken wollt", sagte er und senkte die Stimme. „Du kannst also ruhig zugeben, wenn Alex was anderes vorhatte und ihr die Störung nur vorgetäuscht habt."

In meiner Kaffeetasse waberte und schlingerte es neongelb. Lieber hätte ich mir den kleinen Finger abgehackt, als mir auf diese miese Tour ein Geständnis entlocken zu lassen.

„Wenn du nichts dagegen hast", sagte ich und stand auf, „verziehe ich mich wieder nach hinten und repariere den Verstärker."

Detlefs Gesichtszüge entgleisten. „Mach das. Ich warte in meinem Büro auf Alex. Wir werden sehen. Wenn er zurück ist, üben wir bis morgen früh die Havarie."

Mit einem Messgerät fummelte ich an dem Verstärker herum und fand den Fehler nicht. Immer wieder fielen mir die Augen zu, denn die letzten Tage hatten mich geschlaucht. Ohne Detlef im Büro hätte ich mich längst aufs Ohr gehauen. Die Zeit verging quälend langsam, bis Alex um halb zwei von der „Störung" zurückkam.

Ich flitzte um die Ecke und wollte ihn warnen, doch ich hatte keine Chance. Obwohl Alex sonst horrende Mengen Alkohol vertrug, hatte er Schlagseite, griente und guckte, wie man eben betrunken guckt. Detlef trat auf den Flur, nahm ihn in Empfang und schickte mich an meinen Arbeitsplatz.

„Na, Alex, zurück aus der Disco?", fragte Detlef leutselig.

„Nein, nein, ich war … war auf Störung. Der Verstärker U-Bahnhof Tierpark."

„Ja, ja, das glaubst du doch selbst nicht. Ich weiß genau, wie man riecht, wenn man aus der Disco kommt. Und du riechst nach 'ner Menge Disco."

Der Meister begleitete die Unterhaltung mit Lachern, die mir durch Mark und Bein gingen.

„Die Störung hat Eric für dich eingefädelt, stimmt's?"

„Hä? Was hat denn Eric damit zu tun?"

„In welcher Disco warst du eigentlich? Kannst es doch ruhig zugeben."

Nein, nicht, flehte ich Alex innerlich an, nur das nicht!

„Ich war auf Störung, Detlef, wirklich."

„Ach komm, Alex, ich weiß doch, wie das läuft. Das kannst du doch ruhig zugeben. Dir passiert auch nichts, ganz bestimmt."

Schweigen. Ich faltete die Hände und betete, mein Freund möge standhaft bleiben.

„Ich war nur hier unten im Kulturhaus. Hab kurz meine Freundin getroffen."

„So", schallte es stahlhart durch die Werkstatt, „jetzt kriegst du 'n Verweis!"

„Was? Aber du hast doch …"

Damit war die Sache durch. Alex bekam einen Verweis. Selbstverständlich fragte ich am nächsten Tag meine Mutter, ob sie ihn mit Renkers Hilfe rausboxen könne, aber sie weigerte sich. Für Fremde wollte sie kein Risiko eingehen.

Noch während der Auseinandersetzung zwischen Detlef und Alex in jener Nacht nahm ich mir ein Blatt Papier und schrieb mir meinen Frust von der Seele.

„Eeeeric!" Mit dem Schwung des eben erteilten Verweises stand Detlef plötzlich hinter mir. „Verdammt, ich hab dir doch gesagt, du sollst auf Arbeit keine Schulaufgaben machen!"

„Ich mache keine Schularbeiten, Detlef. Ich schreibe meine Kündigung."

13

Es war mir egal, mit Beginn des Jahres 1987 ohne Einkommen dazustehen. Lieber hätte ich den letzten Job angenommen oder einen Teil meiner Plattensammlung verkauft, als weiter in der BwFi unter Detlefs Fuchtel zu stehen. Für die nächste Woche nahm ich mir vor, Bewerbungen an sämtliche Kliniken in Berlin und Umgebung zu schicken. Ich musste eine Stelle bekommen.

Nach dem Nachtdienst döste ich am Sonntagvormittag ein paar Stunden vor mich hin. Doch zu viel schwirrte mir durch den Kopf. Schließlich stand ich auf, setzte mich an den Schreibtisch und blätterte in Monis Russischextrakt. Alle Achtung, meine Tante hatte ganze Arbeit geleistet. Gerne hätte ich mich bei ihr bedankt, aber sie war zu Besuch bei ihrer Freundin Brigitte – und blieb dort hoffentlich standhaft. Zum ersten Mal schien es mir möglich, trotz mangelndem Talent ein Verständnis für diese Sprache zu entwickeln und mich mit Monis Hilfe durchs Abi zu manövrieren.

Nach einer Stunde konnte ich mich nicht mehr konzentrieren. Ich stützte meine Ellenbogen auf die Tischplatte, legte das Kinn auf die Hände und starrte aus dem Fenster. Draußen fiel Schneeregen aus einem dunklen Himmel. Ich dachte an Emilia und wie aussichtslos meine Situation war. Meine Augen begannen sich mit Tränen zu füllen. Wie wäre es, stellte ich mir vor, diese miesen, düsteren Gedanken jetzt nicht zu haben, wenn mich der Zug vorletzte Nacht unter sich begraben hätte.

Um der depressiven Stimmung zu entkommen und frische Luft zu schnappen, zog ich mir meinen Anorak an und schnappte mir Monis Schirm. Als ich die Wohnungstür öffnete, saß auf dem Treppenabsatz ein Mädchen, das sich erschrocken zu mir umwandte. Es war Emilia. Ich riss die Augen auf und das Kinn klappte mir herunter.

Sie stand auf und hielt mir meinen Pullover hin. Dabei hatte es eher den Anschein, sie klammerte sich daran fest, denn sie schwankte wie bei einem Schwindelanfall.

„Dein Pullover. Den … den hast du bei mir vergessen." Ihre Stimme bebte und ihre Lippe zitterte. „Da dachte ich …"

„Wirklich nett." Mehr brachte ich nicht heraus.

Dann gab es kein Halten. Wir sprangen aufeinander zu, pressten uns in einer wilden Umarmung aneinander und weinten vor Glück. Unsere Lippen fanden sich zu einem leidenschaftlichen Kuss.

Kaum war die Tür ins Schloss gefallen, rissen wir uns stöhnend und unter Liebesschwüren die Sachen vom Leib. Heftiges Verlangen peinigte mich. In ihren Händen war ich der Lust erbarmungslos preisgegeben. Nackt im Flur bedeckten meine Lippen Emilias Körper.

„Zeig mir alles, Emilia!", flehte ich sie an. „Alles, alles, alles. Bitte, saug den letzten Tropfen aus mir heraus!"

„Ja, ja, mach mich glücklich, Eric. Ich will. Oh Gott, ich wäre fast gestorben, mein Schatz, ich liebe dich, ich liebe dich so sehr!"

Wir stürmten zum Bett, wo wir übereinander herfielen. Alle Barrieren, die zwischen uns aufgetaucht waren und jemals wieder auftauchen sollten, wollten wir mit einem Mal abreißen.

In die ruhigeren Phasen unserer Gezeiten der Lust mischten wir Liebesgeflüster. Bei ihren verflossenen Freunden hatte Emilia sich insgeheim immer einsam gefühlt, vertraute sie mir nun an. Da hatte es einen schicken dreißigjährigen Chemiewerker gegeben, der sie bereits mit vierzehn verführt hatte. Mit einem braungebrannten Bulgaren hatte sie während eines Urlaubs das Kamasutra rauf und runter dekliniert. In den vergangenen drei Jahren waren vor allem ältere Jungen aus der Schule und Lehre dazugekommen, auch ihr Klavierlehrer war in den Reigen eingetreten. Ich jedoch, so beteuerte sie, hätte es als erster vermocht, ihre Dämonen der Verlorenheit und Leere zu vertreiben.

„Vorher habe ich trotz dieser ganzen Typen oft nächtelang durchgeheult, auch wegen meiner Eltern. An einem Punkt habe ich dann angefangen, Männer manchmal zu hassen. Ich hab mich von denen so entmutigt gefühlt, vor allem, weil die mich wie eine naive kleine Göre behandelt haben. Mit dir wird das jetzt alles anderes, Eric."

Emilia redete ohne Unterlass, hätte den aufgestauten Frust am liebsten herausgeschrien. Ich begann, ihre Angst vor der Einsamkeit zu verstehen. Sie war eine Suchende, die um keinen Preis allein sein wollte. Nun hatte sie mich gefunden, einen, dem sie sich ganz und gar offenbaren konnte.

Bewegt schilderte ich ihr meine letzten beiden Dienste. Als ich berichtete, wie ich fast von einer U-Bahn überrollt worden war, begann ich zu zittern. Je länger das Ereignis zurücklag, desto mehr erkannte ich, wie fragil und kostbar das Leben war. Emilia, von meinem Beinahetod erschüttert, drückte mich an sich. Mein Entschluss, den Job kompromisslos und ohne Rücksicht auf Konsequenzen hinzuschmeißen, erfüllte sie mit Stolz.

Am späten Abend kam Moni zurück. Sie war nüchtern. Offen und herzlich begrüßte sie Emilia. Ich fragte mich, ob meine Eltern das mit derselben Unvoreingenommenheit getan hätten.

In den Händen hielt sie eine Kiste mit herrlichen spanischen Orangen, die sie über einen Bekannten von Brigitte ergattert hatte. Goldstaub zu dieser Jahreszeit. Ich zweigte ein halbes Dutzend für Emilia und ihre Mutter ab.

Da ich die nächsten beiden Tage frei hatte, borgte ich mir den Trabi und fuhr Emilia zurück nach Premnitz. Unterwegs hielten wir Händchen, redeten und verfuhren uns heillos. Nachts um drei setzte ich sie endlich in der

Nexöstraße ab, da sie ein paar Stunden später ins Werk musste. Dann fuhr ich wieder nach Berlin und schlief als der glücklichste Mensch der Welt bis zum nächsten Mittag.

Die nächsten Wochen und Monate verbrachten wir im Liebesausnahmezustand zwischen Berlin und Premnitz. Wann immer wir konnten, trafen wir uns. Leider war das nicht so oft, höchstens einmal pro Woche. Emilias mannigfache Verpflichtungen und der Beginn meiner Abendschule im März hinderten uns daran.

Aber der Reihe nach.

Kurz vor Weihnachten lud Emilia mich zu einer Theatervorstellung nach Rathenow ein, bei der sie eine der Hauptrollen spielte. Schillers *Kabale und Liebe* stand auf dem Programm des Kulturzentrums, eine Veranstaltung für die Jugend des Kreises, die ihre besten Jeansjacken, Steghosen, Turnschuhe und Tennissocken angezogen hatte. Die aufwendigen Föhnfrisuren und das dicke Make-up der Mädchen wirkten schrill in dem Theater. Den gesamten Abend über schoss ich von meinem Platz in der ersten Reihe aus Fotos.

„Schön, dass du kommen konntest, Eric", sagte Julia, die neben mir saß. „Emilia bedeutet das sehr viel. Überhaupt cool, dass ihr zusammen seid. Endlich hat sie den Richtigen gefunden."

„Ich bin total gespannt. Luise ist sicher eine Herausforderung."

„Ja, sie hat monatelang dafür geübt. Sie packt das schon, wirst sehen."

Als das Licht erlosch, stieg die Spannung. Hier noch ein

Hüsteln und Rascheln, dort ein Flüstern und Tuscheln, dann öffnete sich der Vorhang.

Die Bühne war in mehrere Ebenen unterteilt, was offenbar die Ständegesellschaft zur Zeit Schillers symbolisieren sollte. Emilia stand in der Mitte der Bühne und begann, ein Liebeslied zu singen. Ihre Stimme zog mich sofort in ihren Bann, wie sie es schon bei meinem ersten Besuch in Premnitz getan hatte.

Das Publikum wurde Zeuge, wie sich das junge Liebespaar im feinen Gewebe der Intrige verfing. Ich war überrascht, wie lebensnah und offen Emilia Luise spielte, ein Mädchen, das seine kindliche Unbefangenheit eingebüßt und mit ihrer Liebe die Ruhe seiner Seele verloren hatte. Sie wusste, wie sie ihren Körper für die Rolle einsetzen musste. Vor allem die kleinen Gesten, die der Zuschauer fast nicht bemerkte, passten perfekt. Ich saß weit nach vorn gebeugt, um ihr möglichst nah zu sein. Besonders faszinierend fand ich, wie sie agierte, wenn sie nicht sprach. Oft hörte sie den anderen genau zu, und als Reaktion darauf schien sie auf natürliche Weise tief berührt.

Ihr glaubhaftes Spiel und ihre sichtbare Verletzlichkeit, warfen mich um. Ich fieberte mit, riss mir den Pullover herunter und krempelte die Hemdsärmel hoch, weil ich so schwitzte. Von dem Moment an wusste ich: Sie hatte Talent. Am liebsten wäre ich mit Emilia sofort nach Hollywood gedüst und hätte sie Sydney Pollack vorgestellt.

Am Ende, als Luises Vater sie vom Selbstmord abbringen muss, den sie an der Seite ihres Geliebten Ferdinand plant, hielt ich es kaum noch aus und griff instinktiv nach der Hand meiner Sitznachbarin. Im Wahn der Untreue

Luises schüttete Ferdinand Gift in die Limonade und ich hätte am liebsten nach vorn geschrien, dass Emilia nicht davon trinken möge. Doch sie trank, und von der ergreifend schön sterbenden Luise erfuhr Ferdinand die Wahrheit über die Intrige.

Dem Tod folgte tosender Applaus. Das Ensemble hatte mit einer tollen Aufführung überzeugt und ich stürmte sofort hinter die Bühne.

Erhitzt erwartete mich Emilia in ihrem historischen Kostüm mit viel Spitze und kunstvoll frisierten Locken. Ungefähr so muss es sich an dem Tag anfühlen, schoss es mir durch den Kopf, wenn ich sie heirate. Wir umarmten uns und ich flüsterte direkt in ihr Ohr: „Du bist eine große Künstlerin, Emilia. Ich bin überwältigt."

„Danke, Süßer. Das ist das schönste Kompliment meines Lebens.

14

Im März '87 bekam ich auf meine Bewerbung hin eine Stelle im Krankenhaus Weißensee. Der Hilfstransportpfleger der Chirurgie war plötzlich und unerwartet an einem Herzinfarkt gestorben und die Station benötigte dringend Ersatz. Insbesondere erfüllte mich mit Stolz, den beruflichen Umbruch ohne meine Mutter geschafft zu haben. Endlich konnte es losgehen. Ich war voller Enthusiasmus, trotz widriger Rahmenbedingungen. Hilfstransportpfleger, das kam auf der Hierarchieleiter noch unter den Schwesternschülerinnen und der Putzfrau. Zudem wurde der Job mit fünfhundert Mark wirklich mies bezahlt. Das war halb so viel wie bei der BVB. Ich musste Patienten zum OP bringen und von dort wieder abholen. Daneben hatte ich auf der Station die Schwestern zu unterstützen.

Der Beginn meiner medizinischen Laufbahn war ein Kulturschock. Ich traf auf einen Haufen verkniffener alter Schachteln, die sich mit Dingen wie Wandzeitungen und dem sozialistischen Wettbewerb zu beschäftigen schienen. Ohne Theorie und Mentor musste ich sofort ran an die Patienten. Die Schwestern behandelten mich als das, was ich war, ein Neuling, der von nichts eine Ahnung hatte und dessen lächerlicher Studienwunsch sowieso zum Scheitern verurteilt war.

Zu allem Überfluss hielt Chefarzt Professor Heinrich an Tag eins meiner Karriere eine seiner berüchtigten Visiten ab. Nervös knöpfte sich Assistent Doktor Grüber den Kittel zu und blätterte in den Kurven nach letzten

Fakten zu den Patienten. Stationsschwester Hedi richtete ihre Frisur und gab ihren Untergebenen hektische Anweisungen. Einzig Oberarzt Jenschen schien entspannt. Er gähnte souverän und erwartete gelassen seine Exzellenz Professor Heinrich, eine renommierte, sogar international anerkannte Koryphäe auf dem Gebiet der Sporttraumatologie.

Ich versuchte, mich unsichtbar zu machen, rieb mir dauernd die feuchtkalten Hände und ließ meine Blicke hin und herflirren. Vergeblich. Plötzlich bemerkte Schwester Renate panisch, dass wichtige Utensilien für die Visite fehlten.

„Holen Sie schnell die sterilen Tupfer und den Äther, Eric“, trug sie mir auf.

„Tupfer? Und wo finde ich die?“

„Im Funktionsraum natürlich“, herrschte sie mich an. „Nun machen Sie schon, der Professor ist gleich da!“

In den Schränken, die aussahen wie aus Sauerbruchs Zeiten, suchte ich fieberhaft Tupfer und Äther, wobei ich mich fragte, welchem Zweck sie bei einer Visite dienten. Sollten damit die Patienten betäubt werden, damit sie dem Chef keine blöden Fragen stellten? Nach einer quälend langen Minute fand ich endlich die Flasche mit dem Etikett. Dann schnappte ich mir ein Glas mit Tupfern, eilte zurück zu der weißen Wolke und händigte alles Schwester Renate aus.

„Das sind ja die unsterilen Tupfer. Darf ja wohl nicht wahr sein!“

Sie strafte mich mit einem Kopfschütteln und sah mich vorwurfsvoll an. Einen Moment lasteten alle Blicke auf mir. Ich fühlte mich, als habe mir jemand die Hose heruntergezogen, ohnmächtig, nichts wert und voller Scham. Egal was ich tat, war ich überzeugt, hier würde ich nur auf Missachtung und Spott treffen. Die Matrone, mein Antityp schlechthin, eine korpulente Endvierzigerin mit roter, störrischer Dauerwelle watschelte schließlich höchstselbst zum Funktionsraum und kam mit einem Glas schneeweißer Tupfer zurück.

Dann schwebte Professor Heinrich den Gang entlang, alle erstarrten und die Visite begann. Der Chef war gertenschlank, fast hager, hatte ein kantiges Kinn und volle schwarze Haare.

Hedi überprüfte mit kurzen, scharfen Blicken und gehobener Nase den Zustand des Krankenzimmers und übergab dem Chef, der den vor ihm liegenden Patienten knapp begrüßte, die Akte. Dann richtete er einen fragenden Blick auf Doktor Grüber, womit er das Abspulen von Krankheitsverlauf und besonderen Vorkommnissen auslöste. Währenddessen säuberte Renate mit einem Tupfer, den sie vorher in Äther getränkt hatte, den Nabel des Patienten.

Als Nächstes untersuchte der Professor den Bettlägerigen, ohne dabei ein persönliches Wort oder einen freundlichen Blick zu finden. Seine Augen waren ausdrucksleer. Sie erinnerten mich an die von Emilias Vater.

Am Ende des Rituals tastete er die Milz des Kranken ab, dessen linker Arm in Gips lag und aus dessen Bein ein merkwürdiges Metallgestänge wuchs.

„Komm' Sie doch mal ran, Grüber", zitierte Professor Heinrich seinen Assistenten ans Bett. „Tasten Sie die Milz und schildern mir den Befund!“

Doktor Grüber fasste dem Patienten mit der Rechten seitlich um den Bauch und drückte gleichzeitig mit den Fingern der Linken unterhalb der Rippen die Haut ein. Seine Finger rollten auf und ab, doch sein hochrotes Gesicht blieb ratlos.

„Herr Professor“, murmelte der Patient zaghaft, „nachts habe ich immer solche Schmerzen im Bein. Kann man da …“

„Nun sagen Sie schon, Grüber“, drängte der Chef und trommelte mit den Fingern auf die Akte.

„Also, ich würde sagen …“

„Was soll der dumme Konjunktiv? Entweder Sie sagen etwas oder eben nicht!“

„Also, ich … Die Milz taste ich tatsächlich einen Zentimeter unter dem Rippenbogen. Das sollten wir abklären, Herr Professor.“

Die Akte klatschte mit einem Knall auf den Nachttisch des Patienten, der zusammenzuckte.

„Nichts ist da zu tasten, Grüber, gar nichts. Meine Güte, Sie sind jetzt schon drei Jahre hier und immer noch ein Anfänger. Wissen Sie eigentlich, was Sie mit Ihrem Dilettantentum anrichten? Sagen die Blutwerte etwa, dass der Patient ein Lymphom hat oder eine Leukämie?“

Der Assistent tat mir leid. Der Gedanke, ich könnte nach Abitur und Studium an seiner Stelle stehen, erfüllte mich mit Schrecken. Etwas so Demütigendes hatte ich noch nie erlebt, nicht einmal bei der BVB.

In den nächsten Tagen übernahmen Hedi und Renate meine Ausbildung in einem Crashkurs. Betten richten,

Verbände anlegen, Handschuhe waschen, trocknen, pudern, sterilisieren und wieder neu verpacken. Tupfer aus Mull drehen, Platten und Windelpakete legen. Improvisieren ohne Ende, der Mangel grenzenlos. Das Gesundheitssystem der DDR wurde von Pflastern zusammengehalten, lernte ich. Dabei ging es uns in Berlin im Vergleich noch gut. Die beiden Schwestern saßen mir ständig im Nacken, erpicht darauf, zu sticheln und zu schikanieren.

„Sehen Sie sich mal die Ritzen hier unten am Nachttisch an, Eric", ging Renate während meines Scheuerexamens auf mich los. „Wollen Sie das dem Professor bei der nächsten Visite erklären?"

In dem Stil lief das andauernd.

Dazu kam mein Hauptjob als Hilfstransportpfleger. Den ganzen Tag musste ich Patienten mit einer Liege durch die verwinkelte, marode Klinik zum OP und wieder zurück karren. Der Fahrstuhl zu den heiligen Hallen fuhr quälend langsam und die Dame mit dem Sterilisationsgut schnappte ihn mir regelmäßig weg.

Ich bekam Schlafstörungen, fühlte mich deprimiert und konnte mich kaum noch zu etwas motivieren. Am liebsten hätte ich den ganzen Tag auf dem Bett gelegen und die Decke angestarrt. Kurzum, nach zwei Wochen Klinik hatte ich genug. Wenn der Weg zum Mediziner über ein solches Pflaster führte, war es nicht das Richtige für mich. Wozu also der ganze Aufwand?

Unglaublich, aber wahr, ich hatte Sehnsucht nach der BwFi, nach einem Leben als zumindest halbwegs gestandener Facharbeiter mit gutem Gehalt und der Perspektive, irgendwann in der Abteilung aufzusteigen. Erst beim gedanklichen Formulieren meiner Comeback-Bewerbung besann ich mich eines Besseren. Ein Zurück zu Detlef kam nicht infrage. Niemals. Aber was tun?

Vielleicht sollte ich in der Werkstatt meines Vaters einsteigen? So verzweifelt war ich! Bei ihm könnte ich das Tischlerhandwerk erlernen und richtig gutes Geld verdienen, teilweise sogar Westgeld. Damit könnte ich endlich so viele Platten kaufen, wie ich wollte. Doch auch diesen Gedanken verwarf ich wieder. Meinen jähzornigen Vater als Vorgesetzten? Dann lieber hauptberuflich Bier trinken.

Um mir Rat zu holen, wandte ich mich an eine erfahrene Ärztin, meine Mutter. Ich besuchte sie während einer Spätsprechstunde in der Praxis. Der Laden war zum Bersten voll mit verschnupften und gebrechlichen Menschen und Frauen mit plärrenden Kindern. Zwischen den Aufrufen der Patienten hatte ich den Eindruck, dass hier eine viel herzlichere Atmosphäre herrschte als in der Klinik. Zwei Konsultationen musste ich abwarten, bevor mich Schwester Eva am Empfang ins Sprechzimmer ließ.

„Aber nur fünf Minuten“, mahnte sie. „Wir werden sonst vor acht nicht fertig.“

„Mama, ich muss da wieder raus“, begann ich sofort zu jammern. „Diese dämlichen Schwestern sind einfach unerträglich. Dazu der blasierte Chefarzt. Der behandelt manche Patienten wie den letzten Dreck. Besonders die Dicken, da wird er richtig beleidigend.“

Ich schilderte ihr den Alltag auf Station und die Ausweglosigkeit meiner Lage, während sie verständnisvoll schaute. Das Stethoskop hing um ihren Hals. Im Dienst trug sie eine Hornbrille, auf deren oberen Rand ihr Pony aufsetzte.

„Lass dich davon nicht entmutigen, mein Schatz. Durch so was mussten wir alle durch, das wird schon."

„Ja, ich weiß, von der Pike auf und so, aber …"

„Ganz recht", meinte sie voller Überzeugung. „Wenn du die Abläufe aus dieser Perspektive kennenlernst, kannst du später Dinge zum Besseren verändern. So war das bei mir damals auch, als ich als Assistenzärztin zig Nächte auf der Rettungsstelle durchgearbeitet habe. Da waren die Schwestern auch erst skeptisch, aber dann schweißten uns die schweren Aufgaben doch zusammen."

„Nur warst du da nicht der Fußabtreter der gesamten Klinik, sondern schon Ärztin. Mir ist die Lust auf dieses Kollektiv erst mal vergangen."

Sie schob sich ihre Brille die Nase hinauf und dachte nach.

„Und wenn du bei Papa …?", fuhr sie schließlich mit leiser Stimme fort und nestelte an ihrem Stethoskop herum.

Ich schüttelte den Kopf und schloss die Augen.

„Vielleicht sollte ich mal mit Oberarzt Jenschen reden. Immerhin war der in meiner Seminargruppe und …"

„Nein, nur das nicht", fuhr ich dazwischen. „Wenn ich das schaffe und überhaupt weiterhin will, dann bitteschön alleine. Momentan kann ich mir das allerdings kaum vorstellen."

Die Tür ging auf, Schwester Eva mahnte zur Eile.

„Ich habe übrigens mit Dirk Engel geredet", gab Mutter

mir mit auf den Weg. „Er hat felsenfest versprochen, demnächst wegen deiner Delegierung mit Professor Brüggemann im Magistrat zu reden. Das ist doch was, oder?"

„Dann soll er mir gleich 'ne andere Stelle mitbesorgen."

15

„Diese verbohrten alten Schachteln sind zum Kotzen", erzählte ich Emilia von meinem Elend auf Station, während ich über ihren Hintern streichelte. „Keine Ahnung, wie ich das jahrelang aushalten soll. Ich kann mich diesen Irren einfach nicht unterordnen, ich muss da wieder weg."

Emilia lag nackt auf dem Bauch und wippte abwechselnd mit ihren Beinen. Aufmerksam hörte sie zu.

„Ne, abducken oder flüchten ist nicht", meinte sie und imitierte mit ihren Haaren einen Schnurrbart. „Ich würde mit einer von den Gänsen mal in der Besenkammer verschwinden und ihr zeigen, wo der Hammer hängt. Nämlich hier." Sie berührte mich mit der Faust am Kinn und kicherte. „Dann wird sich schnell rumsprechen, dass sie es mit dir nicht machen können."

„So was kann ich nicht bringen, Emilia. Draußen, an meiner Dorfschule, wurden die Probleme oft mit den Fäusten gelöst, aber das war mir immer verhasst."

„Besser, als der Depp vom Dienst zu sein und seine Würde zu verlieren, meinst du nicht?"

„Mh, da hast du auch wieder recht.“

„Und suche dir einen Verbündeten, mit dem du reden und gegen die Brut vorgehen kannst.“

„Da fällt mir leider keiner ein“, sagte ich und zuckte mit den Schultern. „Finde mal in einer Schlangengrube einen Freund.“

Emilias Vorschläge arbeiteten in mir. Obwohl Hedi und Renate Aggressionen in mir hervorriefen und es mich gehörig in den Fingern juckte, beiden einen Kinnhaken zu verpassen, kam das nicht infrage. Ich musste einen anderen Weg finden, mich zu wehren.

Vor ihrem Eignungstest an der Schauspielschule im April besuchte Emilia mich an einigen Wochenenden. Das war möglich geworden, weil ihre Mutter einen weiteren MS-Schub erlitten und sich ihr Zustand verschlechtert hatte. Damit stand ihr nun mehr häusliche Betreuung durch eine Bezirksschwester zu. Bei mir fand Emilia Ruhe für ihre Übungen. Sie spielte Gitarre, lernte Lieder, Rollen und Gedichte und ging völlig darin auf. Für ihre Zielstrebigkeit bewunderte ich sie. Sicher wohnte auch in mir ein gewisser Ehrgeiz, Emilia hingegen war die Definition davon.

Während sie übte, lernte ich für die Abendschule. Im Vorkurs, in dem ich jeden Wochentag dreieinhalb Stunden verbrachte, traf ich auf fünfundzwanzig andere junge Menschen voller Träume und Hoffnungen. Allein acht von ihnen wollten wie ich Medizin studieren. Das Klima in der Klasse war angenehm. Abgesehen vom Fach Staatsbürgerkunde blieben uns politischer Ballast und gesellschaftliche Verpflichtungen wie Funktionen in der

FDJ erspart. Trotzdem schmolz die Teilnehmerzahl binnen weniger Wochen auf die Hälfte. Nur die Hartnäckigsten kamen weiter. Wir wuchsen zu einer eingeschworenen Gemeinschaft zusammen. Ich war stolz darauf, dass ich dazugehörte. Emilia stärkte mir dabei den Rücken.

An einem der folgenden Tage hatte ich bereits am Vormittag alle Fahrten zum OP absolviert. Die auf Station verbliebenen Patienten waren gewaschen, verbunden und verpflegt. Zeit genug also, um unter Aufsicht der Schwestern meine pflegerische Ausbildung fortzusetzen.

Sie saßen mir gegenüber am Tisch im Aufenthaltsraum, rauchten und schwatzten. Meine Aufgabe bestand darin, Mullplatten für Verbände zu legen. Mit Argusaugen beobachtete mich Renate und gab mir Anweisungen.

„Exakt Kante auf Kante, Eric. Immer daran denken, das ist vielleicht genau die Platte, die der Professor in die Pinzette bekommt und auf die Wunde eines Patienten legt.“

„Ja, ja, keine Sorge“, gab ich zurück, ohne den Blick zu heben.

„Na hoffentlich“, meinte Hedi und blies Zigarettenqualm über den Tisch.

Sie rauchte *Karo*, filterlose, ultrastarke Zigaretten, die garantiert Krebs erregten. Genervt sah ich sie an und öffnete das Fenster einen Spalt breit. Für einen Augenblick schienen die Schwestern Schnappatmung zu bekommen.

„Dafür ist es zu kalt“, sagte Hedi mit kratziger Stimme. „Machen Sie das sofort wieder zu!“

„Ich hab aber Asthma. Fünf Minuten wird's schon gehen. Wir haben Anfang April und draußen sind keine

Minusgrade mehr.“

„Von wegen Asthma. Führen Sie sich hier nicht auf wie der Arzt vom Dienst. Falls Sie mal so weit kommen, werden Sie im OP eine große Lunge brauchen, das sag ich Ihnen gleich.“

Mit zwölf hatte ich einmal einen leichten Asthmaanfall gehabt, nachdem ich durch ein Kornfeld gerannt war, dann nie wieder. Auf der Diagnose Asthma fußte die Strategie meiner Mutter, mich ausmustern zu lassen.

Schließlich knallte Hedi das Fenster mit Wucht selbst wieder zu.

„Sehen Sie mal, Eric“, wies Renate auf die rote Lampe über der Tür, die mit den Patientenklingeln in den Zimmern verbunden war.

„Da ruft jemand nach Ihnen“, sagte Hedi und lachte hämisch. „Auf den Zimmern wird auch garantiert nicht geraucht. Und danach können Sie gleich für Ihr Scheuerexamen im Spülraum weiterlernen!“

Renate fiel in das Gelächter ein. Ein fabelhaftes Kollektiv. Großer Zusammenhalt, eingeschworen und untereinander immer freundlich und zuvorkommend. Ich lächelte schmallippig, sandte stechende Blicke aus und spürte, wie sich meine Galle allmählich dem Siedepunkt näherte.

In Zimmer acht erwartete mich ein Desaster.

„Scheiße für die Kompanie“, rief Herr Westphal, ein dementer Patient mit gebrochener Hüfte, und strahlte bis über beide Ohren. „Scheiße für die Kompanie – öhhh dö dö dö …“

Bett, Nachttisch und sich selbst hatte er mit Exkrementen beschmiert. Es stank wie im Arsch der Hölle. Ich würgte und hätte das Zimmer beinahe um eine Besudelung bereichert.

Mühsam gelang es mir, meinen Ekel wegzudrücken und in einen konstruktiven Modus zu schalten, während Herr Westphal weiter sein Lied sang. Ich ging in die Wäschekammer, um frisches Bettzeug zu holen. Dann schnappte ich mir im Spülraum einen Eimer mit warmem Wasser und Waschzeug. Zurück in Zimmer acht wusch ich den alten Mann, windelte ihn, reinigte den Nachttisch und bezog das Bett neu. Etwas Sinnvolles getan und meine Überforderung überwunden zu haben, gab mir ein Gefühl von Befriedigung. Die Wut auf die Schwestern indes blieb.

Für inkontinente Patienten gab es Gummiunterlagen, die ich in dem Fall für angebracht hielt. Ich lief wieder zur Kammer, fand aber keine.

Als ich die Tür zum Aufenthaltsraum öffnete, erreichte meine Galle den Siedepunkt. Durch den dichten Schleier des Qualms sah ich die Schwestern mich angrienen.

„Sind Sie schon fertig mit der Spüle?"

„Herr Westphal in der Acht hat sein Bett vollgemacht", sagte ich. „Ich brauche eine Gummiunterlage, finde aber keine. Es wäre schön, wenn mir jemand helfen könnte."

„Wäschekammer, zweites Regal links in der Mitte", erklärte Renate, ohne sich zu rühren.

In der Kammer fand ich diesmal die Unterlagen sofort, doch statt mir eine zu nehmen und sie unter das Bett von Herrn Westphal zu spannen, versetzte ich einem Stapel Laken einen Fausthieb. Dann verschränkte ich die Arme, presste die Lippen aufeinander und dachte kurz nach.

Entschlossen ging ich zurück zum Aufenthaltsraum und bat Renate, mir bei der Suche zu helfen. Widerwillig watschelte sie mit mir zur Kammer und verschwand als erste darin. Ich sah mich auf dem Flur um, die Luft war ein.

„Darf ja wohl nicht wahr sein", brabbelte sie und irgendetwas von „hab's doch idiotensicher erklärt".

In diesem Moment stieß ich mit dem Rücken zur Tür stehend diese mit der Fußsohle zu. Der Rumms ließ Renate zusammenzucken. Wir waren allein in dem schmalen Raum.

„Sie werden mir jetzt mal genau zuhören", forderte ich und versuchte, meine Stimme ruhig und sachlich zu halten. „Ich habe Ihre Sperenzien und Ihr dauerndes Gemecker satt, Schwester. Glauben Sie, ich lasse mir das ewig gefallen?"

„Was? Sie sind wohl nicht ganz bei Trost?", fragte sie perplex.

„Bin ich. Sie sollen zuhören! Das hört auf der Stelle auf! Sie werden mich in Zukunft unterstützen und mir helfen, unter erträglichen Bedingungen hier etwas über Medizin zu lernen!"

„Sie unverschämtes …", fuhr sie mit ihrer Nörgelstimme hoch. „Ich werde mich über Sie beschweren. Das … das wird ein Nachspiel haben, verlassen sie sich drauf."

„Wird es nicht."

Empört kam Renate auf mich zu, anscheinend in der Absicht, ihre Drohung unverzüglich in die Tat umzusetzen. Doch ich stand ihr im Weg und aufgrund ihrer Beleibtheit gelang es ihr nicht, sich an mir vorbeizuzwängen. Als sie es mit Gewalt versuchte, packte ich sie am Arm und schob sie zurück in die Kammer. Am liebsten hätte ich jetzt Emilias Vorschlag umgesetzt.

Mein Vorgehen zeigte Wirkung. Renate riss die Augen auf, die sonst stets zwischen wulstigen Brauen und Tränensäcken in die Enge getrieben waren. Ihr Gesicht wurde bleich und sie zog die Arme nach oben.

„Sie werden sich schön zurückhalten", stellte ich klar, „sonst wird das für *Sie* unangenehme Konsequenzen haben – ich schwör's! Meine Mutter ist Ärztin und mit Oberarzt Jenschen auf du und du. Außerdem hat sie Beziehungen bis hoch zum Magistrat."

Eine Sekunde rang die Gake nach Luft und wollte offenbar noch einmal aufbegehren. Ich erstickte den Versuch im Keim.

„Und mein Großvater ist Ökonom und Berater der Regierung. Habe ich mich klar genug ausgedrückt?"

Sie verzog zerknirscht das Gesicht, zögerte und antwortete schließlich leise: „Ja, das war deutlich."

Ich klatschte in die Hände. „Fein, dann lassen Sie uns jetzt die Unterlage auf Herrn Westphals Bett ziehen. Ist doch ein schöner Beruf, bei dem man etwas Gutes für andere Menschen tun kann, finden Sie nicht?"

Fortan begegneten mir alle Schwestern mit Respekt. Die Dienste verloren das Entwürdigende und ich verlor meine Angst. Ein angenehmes oder gar unbeschwertes Zusammenarbeiten ergab sich als Resultat meiner Drohung jedoch nicht. Das Klima blieb vergiftet.

Eine Weile begleitete mich ein schlechtes Gewissen, zu einer so erbärmlichen Methode gegriffen zu haben. Jemanden mithilfe meiner Familie unter Druck zu setzen entsprach nicht meinem Naturell. Ich nahm mir vor, darauf in Zukunft zu verzichten.

16

Ende April kam Emilia zum Eignungstest an der Schauspielschule nach Berlin. Sie wohnte bei mir und übte ihre Rollen wie eine Besessene: Gretchen aus *Faust*, Julia aus *Romeo und Julia*, einen Text von Maxie Wander und das Lied *Und der Haifisch, der hat Zähne* aus der Dreigroschenoper. Erst spät am Abend redeten wir miteinander. Ich hatte sie nie zuvor so angespannt erlebt.

„Nach allem, was ich gehört habe", erzählte sie fiebrig, „gibt es an der Ernst Busch tausend Bewerber und pro Jahrgang schaffen es gerade mal vierundzwanzig durch die Aufnahmeprüfung. Selbst den Test überlebt nur jeder Zehnte."

Sie spielte ununterbrochen mit ihrem Haar, zappelte wie aufgezogen herum und hatte eiskalte Hände. Ich machte mir wirklich Sorgen.

„Aber es ist mir so wichtig, Eric, ich kanns dir gar nicht sagen! Mein Traum eben. Nur an der Ernst Busch wirst du in der DDR zum selbständigen Schauspieler ausgebildet. Wer hier aufgenommen wird, hat schon eine Menge geleistet." Sie fuhr sich mit den Fingern über die Augen und atmete stoßweise. „Ich rausche bestimmt durch, Liebster. Das schaffe ich niemals gegen die anderen. Niemals! So gut bin ich einfach nicht."

„Du bist umwerfend, Süße, ich hab's selbst gesehen. Aus dir wird bestimmt mal eine große Charakterdarstellerin. Ich würde nur wegen dir ins Theater gehen, nur um dich zu sehen."

„Ach, Schatz", sagte sie und schmiegte sich an mich, „ohne dich würde ich das alles gar nicht durchstehen. Meinst du das wirklich ernst?"

„Und wie. Meine Fotos von deinen ersten Auftritten in Rathenow werden bestimmt mal weltberühmt."

„Das klingt toll. Wollen wir uns die Bilder nochmal ansehen?"

Das Album, das ich zusammengestellt hatte, gab ihr Kraft. Dennoch war sie für eine erholsame Nacht zu aufgewühlt und schlief schlecht.

Am Tag von Emilias Test hatte ich mir freigenommen. Auf der Fahrt mit der S-Bahn in den Süden Berlins klammerte sie sich bei mir fest und kaute auf ihren Nägeln, während sie die Stadt an sich vorüberziehen ließ. Vergeblich versuchte ich, sie zu beruhigen, und litt mit ihr.

Vor der Schauspielschule, einem schnörkellosen Neubau in Schöneweide, warteten etwa hundert Prüflinge. Wie ich mitbekam, wurden die Bewerber in kleine Gruppen aufgeteilt und in Etappen hereingebeten. Nervös beäugten die Bewerber einander. Emilia war in der zweiten Gruppe. Ein letzter Kuss, eine letzte Umarmung, dann verschwand sie in dem Gebäude.

Ich setzte mich auf einen Mauervorsprung und wartete.

Kastanien rauschten im Wind und zwischen dem zarten Grün der Äste schien die Sonne hindurch. Ich schloss die Augen und genoss die erste Wärme dieses Jahres. Aus den erwachenden Wäldern rund um den Müggelsee wehte ein süßlicher Duft herüber. Behutsam öffnete ich die Augen wieder und sah ein brünettes Mädchen in meinem Alter. Als sich unsere Blicke trafen, schenkte sie mir ein Lächeln, das ich erwiderte. Sie war außergewöhnlich schön.

Ich erkannte ein Paradox der Liebe. Sobald man glücklich ist, steigt die eigene Ausstrahlung. Und schon wird man in Versuchung geführt.

Ich nickte der Schönen zu, ergatterte ein weiteres Lächeln und hob den Daumen, um ihr für den Test alles Gute zu wünschen. Dann stand ich auf und machte einen Spaziergang.

Ich ging hinunter zur Spree, auf der Motorboote und Kanus ihre Runden drehten. Das Wasser zu dieser Jahreszeit war klar. Ich sog die frische Luft ein und dachte an Emilia, der es in gewisser Weise wie mir ging. Sie stand vor dem Tor zu einer völlig neuen Welt. Von der angehenden Chemiefacharbeiterin könnte es bald zur Schauspielstudentin und später ans Theater oder zum Film gehen. Ich hatte das Alte bereits überwunden, wenn die Schwelle zum Neuen auch höher gewesen war als gedacht.

Unterwegs kaufte ich mir an einer Bude Kaffee und eine Currywurst und schlenderte zurück zur Ernst Busch. Nach einer Viertelstunde kam die erste Gruppe aus dem Foyer. Die meisten Prüflinge ließen die Köpfe hängen, nur wenige gestikulierten und erzählten freudig strahlend.

Zwei Mädchen weinten und ein junger Mann hätte es offenbar am liebsten auch getan.

Nachdem sich die Gruppe verstreut hatte, setzte ich mich wieder auf den Mauervorsprung und wartete. Je länger ich dort saß, desto schneller schlug mein Herz. Ein paar Mal sprang ich auf, schüttelte meine eingeschlafenen Beine aus und ließ den Eingang der Schule nicht mehr aus den Augen. Erst jetzt begriff ich, wie hoch die Möglichkeit war, durch die Prüfung zu rauschen.

Endlich erschien die nächste Gruppe hinter den Glastüren des Foyers und strömte ins Freie. Ich sah Emilia und wusste sofort, dass sie bestanden hatte. Sie riss die Arme in die Höhe wie jemand, der gerade das entscheidende Tor bei der Weltmeisterschaft geschossen hat, kreischte und rannte mir entgegen. In einer wilden Umarmung fiel sie mir um den Hals und würgte mich fast.

„Geschafft, geschafft, geschafft, Eric! Ich glaub's einfach nicht!"

Mein Trommelfell drohte unter ihren Glücksbekundungen zu bersten, während sie mein Gesicht mit einem Stakkato an feuchten Küssen übersäte.

„Ich erzähl dir alles, Schatz, ja? Ja?"

„Klar."

„Es war ganz anderes, als ich erwartet habe. In dem Gebäude da", sie zeigte auf die Schule wie auf eine riesige Zauberkiste, „fühlte ich mich sofort total wohl. Nichts von der Arroganz der Elite, was man der Busch so nachsagt. Ein Schalter legte sich in mir um und ich wurde plötzlich völlig ruhig und konzentriert. Du, die Prüfer waren mir auf Anhieb sympathisch. Sie erklärten uns den

Ablauf und dann hieß es, mit den anderen warten. Manche waren echt nett, ein paar aber einfach nur verrückt."

Unterbrochen von Kichern berichtete sie von einem Jungen, der seinen Monolog in einer skurrilen Aufwärmeinheit vor einer Wand geübt und diese dabei mit Spucke besprengt hatte. Sie selbst habe am Ende alles andere ausgeblendet, sich fokussiert und sich durch nichts aus dem Konzept bringen lassen.

„Und dann war ich an der Reihe. Als ich die Bühne betrat, ging es mir so gut wie noch nie. Ich spielte mir die Seele aus dem Leib. Ich ruhte in mir, hab die Julia gespürt und war superkonzentriert. In der zweiten Runde habe ich dann Maxie Wander rezitiert und den Haifisch gesungen, beides bis zum Ende. Ich ging von der Bühne und wusste, so gut war ich noch nie gewesen."

„Wow, Emilia, ich bin wirklich stolz auf dich. Du wirst deinen Weg machen, da bin ich sicher."

„Als ich wieder draußen war, bekam ich von den anderen gar nichts mehr mit. Die ganze Anspannung der letzten Monate fiel von mir ab. Ich hab in der Ernst Busch vorgesprochen und ich war gut. Das macht mich so unglaublich zufrieden." Sie packte mich an den Oberarmen, schüttelte mich sanft und sah mir tief in die Augen. „Eric, diese Prüfung war das bisher Wichtigste in meinem Leben. Das war mein Tag."

So sehr ich mich mit ihr freute, für einen Moment musste ich schlucken. Natürlich verstand ich ihr Glück und welchen Stellenwert die Schauspielerei für sie hatte. Für mich aber würde ein Studium oder eine bestandene Prüfung nie über das hinausgehen, was die Liebe zu

Emilia für mich bedeutete. Ich tröstete mich aber mit dem Gedanken: glückliches Mädchen, glückliches Leben! Denn das wäre ich, glücklich, auch als Nummer zwei an Emilias Seite, hinter ihrer beruflichen Erfüllung.

„Ich gratuliere dir“, sagte ich schließlich. „Lass uns das gebührend feiern.“

Emilia schwänzte den Rest der Woche und blieb in Berlin. Für den Sonnabend organisierten wir eine Fete, zu der wir Freunde einluden. Meine Tante half uns, briet Buletten, zauberte köstlichen Kartoffelsalat und Käsespieße mit Dosenpfirsichen aus dem Delikatladen. Aus der Kaufhalle besorgten wir Erdnussflips, reichlich Bier und brauten aus Sekt eine Bowle. Am Tag der Feier verabschiedete sich Moni dann auf das Grundstück in Niederlehme.

Über zwanzig Leute drängten sich am Abend in der Wohnung. Das Buffet hatten wir in der Küche aufgebaut, im Wohnzimmer dudelte Musik zum Tanz und zwischendurch spielte Emilia ein paar Songs von Simon and Garfunkel und Cat Stevens auf der Gitarre. Bei Gesellschaftsspielen wie *Wer bin ich?* und *Rüppel Tüppel* wurde die Stimmung immer ausgelassener, bis sich kleine Gruppen zu Gesprächen fanden.

Alex fiel spät mit seiner Einberufung zur Armee ins Haus. Ich war schockiert. Anderthalb Jahre zur NVA – die Einschläge kamen näher. Er hatte Katarina im Arm, eine schwarzhaarige kleine Wildkatze. Beide hatten schon heftige Schlagseite und Probleme mit klarer Artikulation. Ständig schüttete Alex sich über irgendetwas aus und stieß mit jedem auf das nahe Ende seiner Freiheit an. Am lautesten aber lachte er über Detlef und seinen Verweis, denn der würde nach dem Militär aus seiner Akte getilgt sein.

Mir war klar, wenn ich nicht dasselbe Schicksal erleiden wollte, wodurch mein Studium in weite Ferne rücken würde, musste ich meine Mutter drängen, die Musterungskommission schleunigst auf die richtige Schiene zu bringen.

Ich unterhielt mich mit Matthias, den ich in der Abendschule kennengelernt hatte und der ebenfalls Medizin studieren wollte. Er war ein großer und besonnener Typ mit wuscheligen Locken und warmen, braunen Augen. Ein Idealist, der aus Arbeiterverhältnissen stammte und den noch mehr als mich die Berufung zur Medizin durchdrang.

„Oberarzt Jenschen hat mich letztens mal in den OP geschleust", erzählte ich ihm von meinem Alltag auf Station. „Da durfte ich bei einer Kreuzband-OP Haken halten. Professor Heinrich hat aber nichts erklärt, sondern die ganze Zeit über den Anästhesisten gefaltet. Nur zu den Sportstars auf Station ist er kein Arsch. Und die ätzenden Schwestern kannst du total vergessen. Ich muss schleunigst raus aus dem Laden!"

Wir stießen mit Bierflaschen an und sahen zu Emilia, die alle mit ihrer Ausgelassenheit und Fröhlichkeit mitriss und unsere Fete zu einem Erfolg werden ließ. Ihre Offenheit und ihre Fähigkeit, auf Leute zuzugehen, waren phänomenal.

„Versuch doch, zu uns ins Klinikum Buch zu kommen", meinte Matthias mit ruhiger Stimme. „Ich glaube, die suchen noch Pfleger. Das ist ein junges Kollektiv mit zwei erfahrenen Schwestern, die es leiten."

„Und was ist das für eine Station?"

„Eine Kinderreha, eine Art Tagesstation, wobei einige die Woche über auch nachts bleiben. Fast alle sind körperlich behindert, manche auch geistig. Von den meisten Krankheiten hatte ich vorher nie was gehört."

„Ist das nicht ganz schön hart, da zu arbeiten?"

„Daran gewöhnt man sich schnell. Mit den Kindern lässt sich gut arbeiten. Sie sind sehr dankbar und die Stimmung ist auch super."

Er nippte an seinem Bier und tauschte ein Lächeln mit Julia aus. Dann schob er in vertraulichem Tonfall nach: „Und mit ein bisschen Glück kann man den Job sogar mit einer Delegierung zum Studium verbinden."

„Das wäre genial", schwärmte ich und begriff nicht ganz ohne Neid, dass er bereits ein Stück weiter war als ich. „Und du hast schon so ein Schreiben von Mister Brüggemann aus dem Magistrat?"

Bescheiden nickte Matthias und ich nahm mir fest vor, in den kommenden Wochen einige Dinge zu regeln.

Die Fete klang aus. Rauchschwaden standen in den Räumen und die Musik spielte in einer Endlosschleife Oldies. Über die Hälfte der Gäste verbrachte die Nacht in der Wohnung. Manche schliefen auf dem Sofa oder auf dem Teppich, andere in Monis Zimmer, Julia und Matthias mit uns in meinem Bett. Emilia lag glückselig in meinen Armen. Nie zuvor hatte ich sie so ausgeglichen und voller Selbstvertrauen erlebt.

17

In den nächsten Wochen bewarb ich mich, wie Matthias es mir geraten hatte, um eine Stelle auf der Kinderreha im Klinikum Buch. Und tatsächlich, ich bekam den Job ab September. Das motivierte mich enorm. Meine Tage in Weißensee waren damit gezählt und mit diesem Wissen ließen sich die verbohrten Schwestern leichter ertragen.

Dirk Engel, der Bekannte meiner Mutter, erwies sich wie befürchtet als Schwätzer. Den Weg zur Unterschrift von Professor Brüggemann unter meine Delegierung ebnete schließlich seine Sekretärin, Frau Rössing, die bei meiner Mutter Patientin war. Ein Hoch auf die kleinen Leute! Inzwischen waren auch die Fäden für meine Musterung im Herbst gezogen.

Mit aller Kraft wollte ich nun die Aufgabe finden, für die ich geboren worden war und die ich bestmöglich erfüllen konnte. Was zunächst ein spontaner Einfall gewesen war, um Emilia zu beeindrucken, hatte sich über die Zeit zur Überzeugung verfestigt. Ich wollte endlich etwas Sinnvolles tun. Dabei versuchte ich, die Dinge nicht unnötig zu komplizieren und mich nicht zu wichtig zu nehmen.

Wichtig war Emilia.

Zwei Wochen nach ihrem bestandenen Eignungstest fand die eigentliche Aufnahmeprüfung an der Schauspielschule statt. Wieder quartierte sie sich einige Tage zuvor bei mir ein und übte konzentriert und voller Leidenschaft. Dabei war ich aufgeregter als sie und fieberte dem entscheidenden Tag entgegen.

„Keine Sorge", beruhigte sie mich, „ich weiß jetzt, dass ich auf der Bühne in meinem Element bin, es draufhabe und nur noch einmal alles geben muss. Dann feiern wir das ganze Wochenende in Julias Hütte und machen richtig einen los."

„Und im Sommer schippern wir über die Wolga."

„Das wird richtig cool – ich freue mich so!"

Über Jugendtourist hatten wir eine Schiffsreise in die Sowjetunion ergattert, die von Rostow am Don über Wolgograd bis nach Kasan führen sollte.

Ich ließ mich von Emilias überschäumendem Temperament anstecken und genoss die Tage.

Am Morgen der Prüfung begleitete ich sie wieder zur Ernst Busch, wo sich schon gut zwei Dutzend Bewerber versammelt hatten. Alle wirkten fest entschlossen und angespannt. Emilia verschwand aufgeregt und beseelt von ihrem vorherigen Erfolg mit der dritten Gruppe im Foyer.

Wieder drehte ich eine Runde hinunter zur Spree, um mir die Zeit zu vertreiben. Ich dachte daran, was wohl im Inneren der Schule ablief. Wie ich wusste, bestand die Prüfungskommission an diesem Tag aus Professoren und Dozenten, nicht aus Assistenten und künstlerischen Mitarbeitern wie beim Eignungstest. Neben anderen Fähigkeiten wurden auch die körperliche Eignung und das Stimmvolumen geprüft. Die Ergebnisse bekam dann jeder Bewerber in einem Gespräch mitgeteilt.

Zurück vor der Schule, behielt ich von meinem Mauervorsprung aus das Foyer im Auge. Die Prüflinge kamen im Abstand von etwa einer halben Stunde einzeln aus dem Gebäude. Ein Mädchen und ein Junge schritten stolz ihrer Zukunft an der Ernst Busch entgegen, alle anderen ließen Kopf und Arme hängen.

Nie zuvor und nie danach habe ich einen so enttäuschten Menschen erlebt wie Emilia an jenem Tag. Sie schlich aus der Tür, schlug sich eine Hand vor den Mund und schüttelte den Kopf. Durch ihren Körper jagte ein Beben. Die Erschütterung über die nicht bestandene Prüfung ließ sie zittern wie bei einem Schüttelfrost.

Ich ging zu ihr, um sie zu trösten, doch sie schien mich gar nicht wahrzunehmen. Sie war wie in Trance. Leise flossen Tränen über ihre Wangen. Nur das Zittern kündete von ihrer Erregung. In einer langsamen Bewegung schob sie ihre Haare hinter die Ohren und streifte dabei auch ihr Gesicht. Dann blickte sie überrascht auf ihre Hände, die von den Tränen feucht geworden waren.

Als ich sie in den Arm nehmen wollte, schob sie mich weg.

„So eine Sau!", brachte sie stockend hervor und ich sah sie fragend an. „Dieser Professor! 'ne Sau, 'ne miese Drecksau!"

Ihre Beschimpfungen gewannen an Lautstärke. In ihr eben noch weißes Gesicht schoss Blut und sie hob die Fäuste. Ich wurde Zeuge einer raschen Metamorphose von Enttäuschung und Trauer zu Hass und Wut.

Schließlich brachen alle Dämme und sie schrie mit zornentstelltem Gesicht eine Hasstirade gegen die Schule. Schon bückte sie sich und griff nach einem faustgroßen Stein.

„Emilia, nicht!", schrie ich.

Einen Augenblick hielt sie inne, sah mich durch wilde Strähnen hindurch an und atmete schnell und tief. Dann wandte sie sich ab und der Stein flog in eine Scheibe im ersten Stock. Das Klirren erfüllte die Umgebung. Ich war bis ins Mark erschüttert. Was, wenn jemand verletzt wurde und die Mitarbeiter die Polizei riefen?

Ich zog sie weg und wir rannten die Straße in Richtung S-Bahnhof davon. Kurz darauf heulte eine Sirene auf, in unserer Straße. Ich bremste hart ab, umarmte Emilia und herrschte sie an, dasselbe zu tun.

Sekunden später rauschte ein Funkwagen der Volkspolizei in Richtung Schauspielschule an uns vorbei. So schnell wir konnten sprinteten wir zum Bahnsteig, denn unsere Freiheit stand auf dem Spiel: Die Tatbestände *Vorsätzliche Beschädigung sozialistischen Eigentums* oder sogar *Körperverletzung* waren erfüllt. Ich sah Eric und Emilia schon Hand in Hand vor Gericht und später – getrennt - im Gefängnis!

Eine S-Bahn fuhr in den Bahnhof ein. Wir sprangen hinein und beobachteten auf der parallel verlaufenden Straße einen Funkwagen. Er hielt an der Fußgängerbrücke. Quälend langsam verstrich die Zeit. Erst die zähe Ansage *Zurückbleiben*, dann das träge Schließen der Türen und schließlich das Anrucken der Bahn erlöste uns. Zwei Polizisten stürmten aus dem Auto die Brücke hinauf – und kamen zu spät.

Noch an der Tür, hinter der wir uns versteckt hatten, begann Emilias Weinkrampf. Jeder Versuch, sie zu beruhigen, brachte sie gegen mich auf. Bald schlug sie hysterisch mit den Fäusten gegen meine Schultern. Nur mühsam gelang es mir, sie auf einen Sitz zu schieben, wo sie immer und immer wieder von ihrem Unglück geschüttelt wurde. Ich ließ sie gewähren und saß ratlos daneben, bis wir die Endhaltestelle erreichten.

In Emilias übermächtiger Verzweiflung lag auch eine Wahrheit. Die nicht bestandene Prüfung hatte ihr gesamtes Leben und damit auch meines grundlegend verändert.

Stunden später, während wir planlos umherirrten und irgendwann auf einer Parkbank landeten, begann sie wieder zu sprechen.

„Diese Ärsche“, berichtete sie. „Weißt du, was die mir als Begründung angeboten haben? Emilia, du hast wirklich erstaunliches Talent. Du bist eine starke, direkte und sympathische junge Frau. Du hast es geschafft, uns und sicher auch andere Menschen mit deinem Spiel zu berühren und Geschichten zu erzählen. Viel hat nicht gefehlt, und wir hätten dich aufgenommen.“

Endlich ließ sie sich wieder von mir anfassen und legte ihren Kopf auf meine Brust.

„Aber etwas mehr Tiefe hat uns gefehlt. Tiefe – so ein Mist! Ich bin doch gerade mal siebzehn. Wie soll ich da schon Tiefe wie Faye Dunaway haben? Etwas über die Geschichte hinaus erzählen. Nutze mehr den Raum“, äffte sie den Dozenten nach. „Genau deshalb wollte ich ja an die beschissene Schule, um genau das zu lernen. Doch jetzt ist alles aus und vorbei!“

„Nichts ist vorbei, Emilia. Du kannst dich doch immer noch woanders bewerben. Ich hab dich auf der Bühne gesehen. Du hast es drauf und kannst deinen Traum verwirklichen.“

„Im Osten?“, entgegnete sie verächtlich. „Gegen das Renommee der Busch sind alle anderen Schulen doch Dorfklitschen. Ohne mich!“

Wir fuhren zurück nach Pankow und Emilia blieb über das Wochenende bei mir. Eigentlich hätte sie für die Prüfungen zur Facharbeiterin und ihr Abi lernen müssen. Das Interesse an ihrer Berufsausbildung, die ohnehin nebenhergelaufen war, hatte sie aber nun völlig verloren. Apathisch lag sie auf dem Bett. Sie biss sich auf die Lippen und fixierte imaginäre Punkte im Raum.

Manchmal sah sie mich an, als trüge ich eine Mitschuld an dem Desaster oder als sei ich plötzlich nicht mehr der Richtige für sie. Das jagte mir Angst ein. Der Einzige, der in jenen Tagen Zugang zu ihr hatte, war Sir Henry. Mit seinem treuen Hundeblick legte er den Kopf auf das Laken und ließ sich von Emilia kraulen.

Was konnte ich außer ständigem Zuspruch tun, um ihr fatalistisches und depressives Gedankenkreisen zu unterbrechen? Wenn man eine Hürde nicht bewältigt, muss man das irgendwann akzeptieren und einen neuen Anlauf nehmen.

„Ich hab gehört, ein Jahr später kann man es noch mal versuchen.“

„Glaube ich nicht“, winkte sie ab. „Und wenn schon, für die bin ich verbrannt. Nächstes Jahr picken die sich wieder das beste Frischfleisch raus.“

Angesichts ihrer harten Ausdrucksweise musste ich schlucken. „Nehmen wir mal an, du fällst im nächsten Jahr wieder durch die Prüfung. Dann hättest du zumindest das Gefühl, alles für dein Studium getan zu haben.

Das kann sehr erleichternd wirken, glaub mir."

Sie sah mich voller Skepsis an, rümpfte die Nase und wich ein Stück zurück.

„Der Druck, es schaffen zu müssen, wäre weg", schob ich nach. „Du hättest dein Bestes gegeben und dir wurde Talent bescheinigt. Du könntest dich innerlich frei machen und dir eine Alternative suchen. Die es gibt immer, zumal dir ja trotzdem die Bühne offensteht. Ich meine, du wärst dann zwar nicht hauptberuflich Schauspielerin, aber dennoch dazu geboren zu spielen. Einfach aus Spaß an der Sache."

„Willst du mich verarschen, Eric?", fuhr sie mich an. „So ein gequirlter Scheiß! Ich hab's ja von Anfang an gewusst, du bist echt hacke. Hör mal, Junge, ich habe alles, was man braucht, um ein Schauspielstudium erfolgreich zu absolvieren. Und zu meinem Traum gibt es keine beschissene Alternative. Ich werde mich von niemandem aufhalten lassen, merk dir das! Nicht von den Idioten in der Busch und auch nicht von dir."

„Tut mir leid, Emilia, ich wollte nur …"

„Ja, ja, schon okay."

Sie sprang auf, stellte sich breitbeinig vor den Spiegel und ließ ihr Haar nach vorn über das Gesicht fallen. Mit ruckartigen Bewegungen kämmte sie sich und warf den Kopf zurück, sodass der Haarvorhang wieder nach hinten flog. Dann schmiss sie ihre Sachen in die Tasche und zog ihren Anorak an.

„Ich brauche erst mal Zeit für mich", sagte sie. „Ich fahre nach Hause."

„Wie du meinst. Ich bringe dich zum Bahnhof. Aber

willst du nicht noch bleiben? Ich finde …"

„Nicht nötig. Bis bald, Eric."

Damit verschwand Emilia und ich blieb traurig und verwirrt zurück.

In den folgenden drei Wochen herrschte Funkstille zwischen uns. Ich war davon überzeugt, dass es aus war. Angesichts der Einsamkeit und Sehnsucht nach ihr überkam mich eine nie gekannte Traurigkeit. Hinter dem Schleier meiner Tränen zog Emilias Bild vorüber. Sonst spürte ich nichts. Nicht einmal der mit Bravour bestandene Vorkurs zum Abitur vermochte es, mich nennenswert aufzuheitern. Ich schrieb ihr zwei Briefe, in denen ich versuchte, ihr Mut zuzusprechen. Auch meinen Gefühlen ließ ich diesmal freien Lauf.

Anfang Juli traf endlich eine Antwort ein. Sie schrieb, dass sie Sehnsucht nach mir habe und mich ebenfalls noch liebe. Dennoch brauche sie noch ein paar Tage, um zu sich zu finden. Ihre Prüfungen hatte sie mit dem Prädikat *Genügend* bestanden. Sie schrieb mir:

Mein Vater war außer sich vor Wut. Immerhin ist er ja bekannt wie ein bunter Hund in Premnitz. Kann ich sogar ein bisschen verstehen. Es macht sich nicht gut, wenn sein Töchterchen mit Augen zudrücken Lehre und Abi schafft. Es hätte sich gehört, hielt er mir vor, schon seinetwegen die Lehre anständig zu Ende zu bringen. Das sei ich ihm schuldig. Überhaupt sei ich nie in der Lage, sagte er, etwas zu Ende zu bringen. Diese moralpredigerhafte Art. Na, kennst ihn ja. Er war so aufgebracht, dass er mir Strafarbeiten aufhalste (musste unseren

*Strebergarten umbuddeln) und mir sogar eine Woche Stu-
benarrest gab, als wäre ich noch in der Sechsten. Das war
die Hölle, weil ich diesem Sadisten in der Zeit nicht aus
dem Weg gehen konnte.*

*Der Mann ist eine leere Schale, ein Pseudo ohne Eigen-
leben. Er hat mich so oft beleidigt und erniedrigt, ich
kanns gar nicht beschreiben. Auch wenn es furchtbar
klingt, mein Schatz, aber inzwischen hasse ich meinen
Vater mehr denn je.*

*Wenigstens meine Mama hat mich wegen der vermassel-
ten Prüfung getröstet. Sie sagt wie du, ich soll es nächstes
Jahr noch mal versuchen. Aber ich finde nach wie vor, das
ergibt keinen Sinn. Ich bin so verwirrt, Eric, und traurig.
Dabei will ich es doch so sehr.*

18

An einem der folgenden Tage saß ich abends vor meiner
Anlage und hörte das Album *Third* von Big Star. Die Musik passte zu meiner Stimmung. Aus den Songs wucherte
in plastischen Bildern eine Depression, der jenseitig klin-
gende dissonante Gitarren einen morbiden Charme ver-
liehen. Die erfolglosen Musiker standen damals mit dem
Rücken zur Wand und scherten sich um nichts mehr.

Gegen halb elf klingelte das Telefon. Emilia war am Apparat. Sie klang aufgelöst und weinte.

„Meine Mama ... Sie kann sich nicht mehr bewegen
und atmet so schwer. Ich weiß nicht, was ich tun soll,

Eric. Ich bin so verzweifelt."

Ich schaltete die Musik aus, umklammerte den Hörer und spürte beim Klang ihrer Stimme, wie mein Herz heftig zu schlagen begann und mir Tränen in die Augen schossen.

„Bekommt sie keine Luft mehr? Ist sie blau angelaufen? Dann müsst ihr sofort den Notarzt rufen." Vielleicht würde ich später als Arzt wissen, wie ich in einer solchen Situation reagieren sollte. Für den Moment fühlte ich mich hilflos.

„Nein, es geht schon ein paar Tage, seit die Bezirksschwester da war. Mama liegt …", sie schluchzte und atmete tief durch. „Sie liegt steif wie ein Brett im Bett, kann auch nichts mehr essen und trinken. Ich hab so was noch nie gesehen. Wie können Muskeln so hart werden? Was soll ich bloß machen, Eric?"

„Was ist mit deinem Vater?"

„Der ist auf einer Dienstreise in Bulgarien …"

„Auf jeden Fall muss deine Mutter trinken, sonst wird es schnell kritisch. Kannst du ihr was einflößen?"

„Nein, ich hab schon alles versucht. Sie verschluckt sich dauernd und …"

Wieder brach sie in stakkatoartiges Weinen aus. Mir fiel nur eine Lösung ein.

„Emilia, dann musst du einen Krankenwagen rufen. Deine Mutter braucht sicher Infusionen und wahrscheinlich einen Stoß Prednisolon."

„Nein, auf keinen Fall!", widersprach sie heftig. „Wenn ich sie ins Krankenhaus verfrachte, sehe ich sie nie wieder. Es ist nicht wie die Male davor, das spüre ich. Ich habe solche Angst, Eric.“ Einen Augenblick hielt sie inne und schob fast flehend nach: „Ich schaffe das nicht allein.“

Ich zögerte, bis ich begriff, was sie wollte. „Wir finden gemeinsam eine Lösung. Soll ich nach Premnitz kommen?“

„Ja, das wär lieb. Du fehlst mir so.“

„Okay. Ich melde mich morgen früh krank und besorge mir einen Krankenschein. Dann bin ich vormittags bei dir.“

„Nein, Eric“, begehrte sie auf. „Das … das ist zu spät. Die Nacht – ich hab solche Angst. Geht es nicht gleich?“

„Was, jetzt?“

Mir schoss die Erinnerung an jene Nacht durch den Kopf, als ich wegen Monis Vollrausch nicht sofort zu ihr hatte fahren können. Danach war es kompliziert geworden.

„Ja, bitte!“, bestätigte sie inständig.

„In Ordnung, Süße. Mitternacht bin ich bei dir.“

Ich borgte mir Monis Trabi und quälte die Pappe bis an ihre Grenzen über Autobahn und Landstraßen. Kurz vor zwölf kam ich in der Nexöstraße an. Wortlos genossen wir bei unserem Wiedersehen die lange Umarmung und einen innigen Kuss. In Gedanken spielte ich eine simple Strategie durch, Emilia endlich zu mir zu holen und mit ihr zusammenzuziehen: Wir würden ihre Mutter versorgen und anschließend zusammen nach Berlin zurückfahren. Für immer.

Frau Fiedler bot auf ihrem Krankenbett ein Bild des Elends. Ihre Haut war trocken, ihre Lippen waren spröde und rissig. Tränen rannen über ihre Wangen. Trotz Emilias aufopfernder Pflege roch es unangenehm wie in manchen Zimmern in der Klinik.

Ich begrüßte sie, aber sie war außerstande zu sprechen. Nur eine Silbe schoss unter großer Anstrengung aus ihr heraus, die so etwas wie *Last* hätte bedeuten können. Emilia streichelte sie an der Schulter.

Wie ich es auf Station gelernt hatte, tastete ich den Puls und maß die Temperatur. Inzwischen war es mir in Fleisch und Blut übergegangen, Menschen medizinisch zu betreuen. Frau Fiedlers Herz raste und das Thermometer zeigte 37,5° C an. Hatte sie eine Infektion oder lag das an ihrer verkrampften Muskulatur? Ich wusste es nicht.

Wir bezogen das Bett frisch und versuchten, sie in eine sitzende Position zu bringen, um ihr Flüssigkeit einzuflößen. Doch es misslang; ihr Körper war zu steif.

Ich schüttelte den Kopf und schloss die Augen. „Sie muss in die Klinik. Am besten gleich. Hier kannst du das nicht mehr bewältigen."

Emilias Augen füllten sich mit Tränen und sie nahm die Hände vors Gesicht.

„Aber auf keinen Fall mit dem Notarztwagen. Ich will nicht, dass die Nachbarn etwas mitbekommen!"

„Verstehe", sagte ich. „Dann halt mit dem Trabi. Dazu müssten wir sie aber auf einen Stuhl bekommen und runtertragen. Versuchen können wir es ja."

Wir erklärten Frau Fiedler unser Vorhaben und sie signalisierte uns mit den Augenlidern ihr Einverständnis. Mit all unserer Kraft zogen wir an ihr herum, keuchten und schwitzten, während sie wimmerte. Unser Plan erwies sich aber als undurchführbar. Schließlich riefen wir doch den Notarzt. Von neugierigen Nachbarn bemerkten wir nichts.

Emilia begleitete ihre Mutter im Krankenwagen nach Rathenow und ich fuhr mit dem Trabi hinterher. In der Rettungsstelle warteten wir, bis die Ärzte sie versorgt, ihr Infusionen und den ersten Stoß Prednisolon gegeben hatten. Dann kam Frau Fiedler auf eine Station.

Emilia und ich gingen hinaus in den Park, der den Backsteinkomplex umgab. Ein zartrosafarbenes Licht durchdrang bereits den dunklen Himmel. Erste Vögel zwitscherten in den friedlichen Morgen. Ein herrlicher Sommertag kündigte sich an.

„Ich habe ihr so viel Kummer gemacht", gestand Emilia, „hab miese Stimmung verbreitet wegen meiner blöden Prüfung. Das hat bestimmt den Schub ausgelöst."

„So darfst du das nicht sehen. Es ist doch dein gutes Recht, traurig zu sein. Und außerdem gibt es ja wohl keinen Menschen, der mehr für deine Mutter getan hat als du. Darauf kannst du wirklich stolz sein."

„Aber es war offensichtlich nicht genug", entgegnete sie und deutete auf die Klinik. „Ich hätte noch viel mehr tun müssen. Stattdessen habe ich immer nur an mich gedacht."

„Das hast du nicht. Du bist ein guter Mensch, Emilia, und mit Sicherheit keine Egoistin."

„Doch, das bin ich. Ich habe versagt. Durch mich ist Mama jetzt da drin."

Ihre Lippen bebten und sie senkte den Blick. Wir

gingen schweigend ein Stück durch die Anlage, an Beeten voller Stiefmütterchen und Begonien entlang, die von Morgentau benetzt waren.

„Darf ich dir was erzählen?", fragte ich, worauf sie mit einem Schulterzucken und einem langsamen Nicken antwortete. „Ich hab dir doch mal von meiner Oma erzählt, die Alzheimer hatte. Nun, für sie hat sich meine ganze Familie aufgeopfert, sie gepflegt, alles mit den Ämtern geregelt und sie in den Krankenhäusern besucht. Es war schlimm für mich, als sie mich plötzlich nicht mehr erkannte und ..." Bei dem Gedanken daran musste ich schlucken. Ich nahm Emilias Hand und drückte sie. „Jedenfalls wollte sie niemand ins Heim bringen, aber irgendwann ging es einfach nicht mehr und wir mussten loslassen. Umso wichtiger war, dass wir alles für sie getan und uns nichts vorzuwerfen hatten. Und *du* hast dir auch nichts vorzuwerfen, Emilia."

„Mag ja sein. Trotzdem bin ich noch lange nicht bereit, meine Mutter ins Heim zu verfrachten. Ich würde mir ..."

Emilia konnte nicht weitersprechen und schlug sich eine Hand vor den Mund. Es brauchte eine Weile, bis ich sie getröstet und sie sich wieder einigermaßen gefangen hatte.

Wir fuhren zurück nach Premnitz, wo ich meine Krankschrift regelte und danach angezogen auf dem Sofa in einen traumlosen Schlaf fiel. Ich hatte mich entschlossen, über das Wochenende bei Emilia zu bleiben. Am Nachmittag fuhren wir noch einmal nach Rathenow, um ihre Mutter zu besuchen. Ihre lebenswichtigen Funktionen hatten sich stabilisiert. Der Verlauf der Multiplen Sklerose kannte hingegen nur eine Richtung: Nach jedem Schub wurde es schlechter. Die Ärzte rieten Emilia, eine Unterbringung in einem Pflegeheim zu organisieren.

Am Wochenende gingen wir in den Wäldern der Umgebung spazieren oder lagen am Premnitzer See in der Sonne. Ich wollte bei Emilia sein und sie auf andere Gedanken bringen, denn sie schien niedergeschlagener als je zuvor. Ständig sprach sie von ihrer Mutter. Nur kurz überlegte sie, es vielleicht doch noch einmal im nächsten Jahr an der Ernst Busch zu versuchen. Doch ihre Stimme hatte bei dem Thema einen fatalistischen Unterton.

Bei einem unserer Spaziergänge trafen wir Julia, die uns auf einem rostigen Fahrrad entgegengeradelt kam. Sie sah sexy aus, trug einen geblümten roten Minirock und ein ärmelloses schwarzes T-Shirt.

„Wow, du hier in Premnitz?", begrüßte sie mich sichtlich überrascht. „Schön, dich zu sehen."

Im Augenwinkel meinte ich wahrzunehmen, wie Emilia kurz hastig den Kopf schüttelte. Ich war mir jedoch unsicher und dachte mir nichts weiter dabei.

Wir ließen uns im Gras am Wegrand nieder und unterhielten uns.

„Meine Güte, Eric", sagte Julia, „ich hab gehört, du fängst bald auf einer Station mit behinderten Kindern an und machst nebenbei dein Abi. Finde ich total stark."

In ein paar Sätzen erzählte ich ihr von der Kinderreha und meiner Hoffnung, es da besser zu treffen als in Weißensee.

„Dann habe ich später einen richtigen Arzt in meinem

Freundeskreis. Das ist ja unbezahlbar. Schreibst du mich krank, wenn ich mal blaumachen will?"

„Darauf kannst du wetten", versprach ich ihr.

„Das werden wir auch nötig haben, wenn wir als Labormäuse in dem Scheißwerk unser Leben fristen müssen. Nur so oft wie möglich raus da!"

„So schlimm?"

Julia lachte laut auf. „Kannst ja mal mitkommen. Da musst du dir haargenau überlegen, wem du deine Meinung sagst. Selbst die Wände haben Ohren, wie überall. Und jeden Tag musst du dir den Mist über 'hohe Gefechtsbereitschaft' und 'alles zum Wohle des Volkes' anhören, während dich Dreck und Chaos demoralisieren."

„Ja, das kenne ich von der BVB. Und die Vorgesetzten geben dir den Rest."

„Ja, genau."

„Oder geh doch mal in den Konsum an der Ecke", hakte Emilia ein. „An Obst und Gemüse findest du da nur Kartoffeln, Weißkohl und eklige Konserven. Die gähnende Leere stellen sie einfach mit Zwieback zu. Selbst Grundnahrungsmittel waren hier schon knapp, wo ich doch Mama so gern öfter mal was Besonderes geboten hätte."

„Der polnische Weg eben. Letztens gabs beim Fleischer nicht eine einzige Wurst." Julia strich sich ihre langen blonden Haare hinter die Ohren und spielte mit einem Stock in der Erde. „Nee, in Premnitz werde ich nicht alt, bloß weg aus dem Mief."

„Und wohin?"

„Auf jeden Fall erst mal nach Berlin. Da ist die Versorgung allemal besser als hier und mehr Möglichkeiten gibt es da auch."

„Berlin", sagte Emilia verträumt, legte ihren Arm um meine Schulter und gab mir einen Kuss auf die Wange.

„Na ja, ihr beiden", sagte Julia und stieg wieder auf ihr Fahrrad, „jedenfalls schön, dass ihr wieder zueinander gefunden habt. Ihr seid ein tolles Paar."

Wir schlenderten zurück in die Nexöstraße. In der Wohnung sah Emilia als erstes in das Schlafzimmer ihrer Eltern. Konsterniert blieb sie vor den leeren Betten stehen. Die Pflege ihrer Mutter, die sie verinnerlicht und jahrelang geleistet hatte, war nun nicht mehr notwendig.

Da wir nicht in der Stimmung für Party oder Disco waren, blieben wir zu Hause, lasen und hörten Musik. Bis ich am Sonntagnachmittag zurück nach Berlin fuhr, wirkte Emilia nachdenklich und unkonzentriert. Meine behutsamen Versuche, ihr körperlich wieder näherzukommen, hatte sie abgewehrt.

„Du, Eric", brachte sie kurz vor meinem Aufbruch hervor, „das mit unserer Reise an die Wolga, das kann ich jetzt nicht. Wenn meine Mama wirklich ins Pflegeheim kommt, will ich am Anfang für sie da sein. Verstehst du das?"

Für mich wäre es die erste richtige Fernreise gewesen. Ich schluckte und sagte „Ja".

„Wirklich? Es macht dir nichts aus?"

„Natürlich macht es mir was aus. Ich wäre wirklich gern mit dir verreist, Emilia, aber ich verstehe dich."

Ich packte meine Sachen zusammen und sie brachte mich hinunter zum Trabi. Als ich mich schon verabschiedet hatte und einsteigen wollte, hielt sie mich fest.

„Nimmst du mich noch bis zur Stadtgrenze mit, bis zum Wald? Ich kann ja von da aus zurücklaufen."

Auf der kurzen Fahrt in die Natur vollzog sich in Emilia eine Wandlung. Plötzlich wurde sie anhänglich, schmuste mit mir und streichelte mich. Als sie während der Fahrt ihren Rock auszog und dann auch noch ihren Slip, schmälerte das meine Konzentration auf die Straße erheblich.

Sie nahm meine Hand und führte sie zwischen ihre Beine. Dort brannte es lichterloh. Sie stöhnte, während sie sich an meiner Hose zu schaffen machte und es ihr tatsächlich gelang, sie nach unten zu zerren.

„Da, der Weg, Eric. Los, bieg ein und fahr noch ein Stück!"

Ich nahm die nächste Abzweigung und parkte mitten auf dem einsamen Waldweg. Sobald wir standen, packte sie meine Haare und drückte meinen Kopf in ihren Schoß. Ich rieb meine Wange an ihren Härchen und setzte fiebrige Küsse auf diese Stelle. Schließlich schob ich meine Zunge tief in das heiße, weiche Fleisch und lauschte ihrem Stöhnen. Während unsere Lust immer weiter anschwoll, streifte sie ihr T-Shirt ab.

Ein unglaubliches Verlangen hatte sich in uns aufgestaut. Von wollüstiger Raserei ergriffen zog sie mich wieder hoch. Wir klappten den Fahrersitz nach hinten und dann setzte sie sich auf mich. Rasch gewannen die Bewegungen unserer Körper an Heftigkeit. Ein ekstatischer Tanz begann. Nie werde ich den Schweiß, die Hitze,

Emilias Wildheit und vor allem nicht ihre ohrenbetäubenden Orgasmusschreie vergessen.

19

In der Morgendämmerung war ich aufgewacht und später wieder eingedöst. Ich träumte.

Auf dem Deck eines Schiffes findet ein Fest statt. Inmitten der Passagiere fühle ich mich unwohl. Ich gehe an die Reling und plötzlich falle ich ins Wasser. Das rote Kreuzfahrtschiff zieht an mir vorüber. Die Leute schreien *Mann über Bord!* Da ich das Schiff nicht erreichen kann, schwimme ich an Land.

Erschöpft brauche ich etwas Zeit, um mich zu besinnen. Das Schiff ist verschwunden und ich sitze am Ufer, umgeben von Weiden und Hütten mit Strohdach. Auch ein Krankenwagen steht neben mir, den ich erst nicht bemerkt habe. Ärzte springen heraus, laden mich auf eine Trage und fahren mich in die Klinik nach Weißensee.

Dort liege ich in einem Bett und alle Ärzte und Schwestern kümmern sich pflichtbewusst um mich, bis sie verschwinden und ich in der Stille und Einsamkeit Angst bekomme. Ich stehe auf, der Tropfständer fällt um, die Nadel reißt aus meinem Arm und ich werde von Blut überströmt. Im Aufenthaltsraum treffe ich auf die Schwestern. Alle beschimpfen mich wegen der Blutlache auf dem Boden und geben mir Befehle. Dutzende Arme bedrängen mich, nähern sich bedrohlich meinem Hals.

Ich flüchte aus der beklemmenden Situation und renne hinaus. In der Eingangshalle treffe ich Emilia, die schon auf mich wartet. Wir entkommen ins Freie, fassen uns an den Händen und gehen in die Turmdisco. Beats dröhnen in meinen Ohren, Bässe überschlagen sich, ein Crescendo – Wumm, Wumm, Wumm!

Ich wachte auf, der Wecker zeigte kurz vor sechs. Das Dröhnen war real. Jemand schlug wie ein Irrer auf das Eichenholz der Wohnungstür.

In Unterhosen stürmte ich zur Tür, panisch, als wäre eine Bombe durch das Haus geflogen. Im Treppenhaus standen drei Männer zwischen zwanzig und dreißig, die von jedem Normalbürger sofort als Mitarbeiter der Stasi identifiziert worden wären. Alle trugen Sonnenbrillen und lächerlich anmutende Freizeitkleidung wie Dederonhemden und graue Schlaghosen. Einer hatte einen Strohhut auf, ein anderer trug eine Perücke.

„Los, anziehen!", herrschte mich der mit dem Hut an, während mich die anderen in die Wohnung zurückschoben und die Tür hinter sich zuschlugen. „Sie kommen mit, zur Klärung eines Sachverhalts!"

„Was ist denn los?", fragte ich geschockt.

„Das werden Sie schon erfahren."

Als ich zitternd in meine Levis schlüpfte, flog ich fast aufs Parkett, weil mich ein Schwindel auszuknocken drohte. Mein Hirn arbeitete auf Hochtouren, aber ein Grund für die Stasinummer fiel mir beim besten Willen nicht ein.

„Das … das muss ein Irrtum sein", stammelte ich mit staubtrockenem Mund.

„Können Sie alles dem Offizier erzählen", sagte der mit der Perücke kühl und packte mich am Oberarm. „Und jetzt mitkommen!"

In der Gasse vor unserem Haus wartete ein fensterloser grauer Barkas auf meinen Abtransport. Er war mit *Centrum Warenhaus* lackiert.

„Rein da!", befahl der Mann mit dem Strohhut.

Wahrscheinlich wäre ich auch ohne die vorgehaltene Waffe eingestiegen. In der Aufregung wollte ich mich auf die weinrote Polsterbank setzten, die im Inneren meiner Meinung nach für Passagiere vorgesehen war.

„Nicht da", brüllte der Stasihut. „Da!"

Mit gestrecktem Zeigefinger wies er auf eine Box, die an die Fahrerkabine grenzte und in etwa ein Drittel der Ausmaße eines Klohäuschens hatte. Da pferchten sie mich stehend hinein und verriegelten die Tür. Alles wurde schwarz um mich herum.

Der Barkas fuhr an. Während der Fahrt hörte ich noch einmal die Geräusche der Stadt, eine quietschende Straßenbahn, eine S-Bahn, die über die Brücke in Pankow donnerte, Trabigeknatter. Auf Kopfsteinpflaster und in Kurven wurde ich hin und her geschleudert. Mein Herz raste wie nie zuvor. Voller Angst schlug ich gegen die Trennwand und schrie: „Anhalten! Rauslassen!"

„Maul halten!", brüllte jemand zurück.

Die Umgebungsgeräusche der Stadt verschwanden allmählich, und der Wagen fuhr schneller, wahrscheinlich über Landstraßen. Wo brachten die mich hin? Fuhren die mich in einen Wald, um mich „auf der Flucht" zu erschießen? Bei diesem Gedanken fing ich an zu weinen und rang mühsam nach Luft, weil sich mein Brustkorb auf unerträgliche Weise zusammenzog.

Nach vielleicht einer Stunde – ich hatte jegliches Zeitgefühl verloren – nahmen die Stadtgeräusche wieder zu. Dann klang es wie in einer Halle. Ein Tor wurde zugeknallt, Schlösser verriegelt. Ein kurzer Moment der Stille, bis schließlich der Hutmann die Türen aufriss und mir den Weg nach draußen wies.

Zwei Männer standen breitbeinig als Empfangskomitee vor dem Auto, schrien und keiften mir Befehle zu.

„Dahin! Gesicht zur Wand! Hände über den Kopf!"

Die Schergen trugen schwarze Reitstiefel, graue Uniformen und Schirmmützen. Einer knallte einen Gummiknüppel in die Handfläche. War ich in die Kulissen für einen Nazifilm geraten?

Nein. Die Tür zu einem Gefängnistrakt ging auf. Abgestandene Luft wehte mir entgegen. Die Stasimänner schoben mich einen tristen Gang entlang, in dem rote Glühlampen an der Wand leuchteten. Dann schlossen sie eine Zelle auf. Der winzige Raum hatte undurchsichtige Glasbausteine als Fenster. Das Bett sah spartanisch aus, war aber ordentlich gemacht. Sonst gab es nur ein Klo, ein Waschbecken mit Spiegel, einen Minitisch und einen Hocker.

„Am Tag auf dem Bett, das ist verboten! Nachts nur auf dem Rücken mit den Händen auf der Decke!", stellte einer der Uniformierten klar. „Auf dem Hocker können Sie sitzen. Aber nicht anlehnen!"

„Warum?", fragte ich konsterniert.

„Nur reden, wenn Sie gefragt werden!"

„Wo bin ich?“

„Ruhe jetzt!“

Krachend fiel die Tür ins Schloss. Das metallische Geräusch des sich drehenden Schlüssels klang in meinen Ohren wie ein Zahnrad im Getriebe eines riesigen Apparats, der sich meiner bemächtigt hatte.

Ich sank auf den Hocker, verschränkte Arme und Beine und zog die Schultern zusammen. Kalter Schweiß klebte auf meiner Haut und ich bekam Schüttelfrost.

Nach ein paar Minuten legte ich meinen Kopf auf den Tisch. Das musste ein Albtraum sein. Ich fühlte mich so einsam wie noch nie zuvor in meinem Leben. Wahrscheinlich wusste niemand, dass mich die Stasi einkassiert hatte, nicht einmal meine Eltern oder meine Tante.

Da ging die Klappe in der Stahltür auf. Der Wärter brüllte in meine Zelle: „461, gerade sitzen!“

Ich schreckte hoch und schüttelte verständnislos den Kopf. Es war wie in einem schlechten Film. Ich hatte sogar eine Nummer.

„Sitzen Sie gerade!“

Bevor er die Luke wieder schloss, fragte ich: „Was wird mir vorgeworfen? Warum bin ich hier?“

„Nur reden, wenn Sie gefragt werden!“

Mit einem Knall schnappte die Öffnung zu.

Ich ballte die Fäuste, stand auf, stellte mich breitbeinig hin und lachte sarkastisch die Wand an.

Die Übung tat mir gut, mein Kopf war für einen Augenblick klarer. Hatte ich irgendwann etwas Falsches gesagt? Ich konnte mich nicht erinnern. Hatte mich jemand denunziert, womöglich für etwas, das ich gar nicht getan hatte? Möglich wär's. Detlef vielleicht? Das ließe sich klären.

Was immer sie mir vorwerfen würden, ich musste mir eine Strategie zurechtlegen. Ich nahm mir vor, auf keinen Fall jemanden zu verraten oder in Schwierigkeiten zu bringen. So wenig wie möglich sagen und vor allem nichts unterschreiben. Das hatte ich schon einmal durchgezogen, als ich im ersten Lehrjahr zu einer Polizeidienststelle geladen wurde und als „Hilfspolizist" angeworben werden sollte. Eine unangenehme Erinnerung.

Wieder ging die Luke auf.

„Mittag", hieß es, diesmal in moderatem Ton.

Als ich das Essen in Empfang nahm, sah ich vor der Tür einen Zweietagenwagen mit Kübeln. Der erinnerte mich an den auf Station in Weißensee. Was werden Schwester Renate, der Professor und die anderen wohl denken, wenn sie von meinem Einzug in den Stasiknast erfahren? Und was wird jetzt aus meinem Studium, grübelte ich. Ich widerstand dem Impuls, nach einem Telefon und einem Anwalt zu fragen. Das hätte wahrscheinlich nur zu einem Anbrüllen der „461" geführt.

Auf dem Teller lag fetter Schweinebraten mit Kartoffeln. Angewidert blickte ich auf das Essen, schob es beiseite und fiel in das nächste Loch. Ich heulte eine Stunde lang wie ein Schlosshund.

Meine Gefühle wechselten schnell wie Pingpongbälle. Komme ich hier lebend wieder raus oder stellen die mich gleich an die Wand? Was haben die mit mir vor?

Auf Folter, Erschießung oder ein Verhör wartete ich an diesem Tag vergeblich. Ich vermute, diese Taktik sollte mich für die Vernehmung weichklopfen.

Zum Abendbrot gab es Wurst- und Käsebrote, die ich mit Heißhunger in mich hineinstopfte. Der stundenlange Stress hatte mich in eine Unterzuckerung getrieben. Dann schwand das Licht, das durch die undurchsichtigen Glasbausteine sickerte, und es wurde Nacht.

Ich versuchte zwar, wie befohlen auf dem Rücken zu liegen, Hände auf der Bettdecke, aber automatisch drehte ich mich immer wieder in meine gewohnte Schlafposition auf die Seite. Im Abstand von einer halben Stunde ging über der Tür eine grelle Glühlampe an, die Türklappe öffnete sich und ein Wärter überprüfte meine Lage auf dem Bett.

„461, liegen Sie gerade auf dem Rücken!"

Nach dem dritten Übertreten der Regel wurde der Nachtportier deutlicher: „461, zum letzten Mal, auf den Rücken, sonst geht's die nächsten Tage in Dunkelhaft in den Keller!"

Vermutlich war das Einzelhaft mit verschärften Bedingungen, der ich unter allen Umständen entgehen wollte. So blieb ich mehr oder weniger wach und konzentrierte mich darauf, mich nicht auf die Seite zu drehen. Hin und wieder hörte ich Schreie und Klopfen aus anderen Zellen.

Nach dem kargen Frühstück am nächsten Morgen saß ich steif wie ein Brett auf dem Hocker und wartete darauf, dass etwas geschah. Stunden vergingen. Ich verfiel demselben Wechselbad der Gefühle wie am Vortag. Lange würde ich das nicht mehr aushalten, wurde mir klar. Mit Erinnerungen an die schönsten Momente mit Emilia versuchte ich, mich aus der tristen Realität zu befreien. Die

Gedanken an mein normales Leben hatten aber etwas Unwirkliches.

Vor dem Mittagessen drehte sich schließlich der Schlüssel im Schloss.

„Herkommen!", winkte mich der Aufseher zu sich.

Als ich auf dem Gang stand, betätigte er einen Schalter, der die rote Lampe zum Leuchten brachte. Andere Gefangene sah ich nicht.

„Drehen Sie sich da lang!", wies er mir die Richtung. „Los, gehen Sie!"

In diesem Moment wusste ich instinktiv, dass ich nicht erschossen werden würde. So unglaublich es auch klingen mag, aber ich wollte zu dem verdammten Verhör, um endlich mit jemanden reden zu können. Ein wenig fühlte ich mich wie vor einer Prüfung, was meine Konzentration steigerte. Ich rief mir noch einmal mein Mantra ins Gedächtnis: *Nichts sagen, nichts verraten, nichts unterschreiben!*

20

Der Wachmann ging mit mir zwei Etagen nach oben, wobei er mich mit kurzen Befehlen in die gewünschte Richtung dirigierte. Kein einziges persönliches Wort kam aus seinem Mund. Sein volles Gesicht erinnerte mich an Bernd Wadeling, nur ohne Metallstift im Oberkiefer. Wie hätte ich mich gefreut, Bernd hier zu sehen, den alten Schinder. Das Schlimmste aus meinem alten Leben wäre mir jetzt wie das Paradies erschienen, so bizarr wirkte meine Situation.

„Bleiben Sie stehen!", röhrte der Wachmann.

Ich zuckte zusammen und fürchtete, für meinen aufsässigen Blick Schläge mit dem Knüppel zu kassieren. Stattdessen schloss er die Tür zu einem Raum auf, der sich als Vernehmungszimmer entpuppte.

„Setzten Sie sich dahin!"

Er zeigte auf einen Holzhocker, der sich gleich links hinter der Tür befand. Das Büro erinnerte an Detlefs Kabäuschen. Auf dem Schreibtisch standen eine Lampe, ein Telefon sowie eine Wechselsprechanlage, dahinter ein Sessel. Ein Stuhl war auf der anderen Tischseite angeordnet.

Ich setzte mich auf den Hocker und der Schließer blieb in der Tür stehen. Nichts geschah. Wir warteten. Wir warteten lange, so lange, dass ich begann, die Blumen auf der vergilbten Tapete zu zählen.

Dann hörte ich Schritte auf dem Flur. Der Wachmann sah auf und wenig später trat ein großgewachsener, schlanker Mann um die dreißig in das Zimmer, braungebrannt und in einem eleganten Anzug. Sein intelligentes und sympathisches Gesicht überraschte mich. Was hatte einen wie ihn in das Innere dieses Apparates verschlagen?

Mit der Langsamkeit einer sich anpirschenden Raubkatze ging er zum Schreibtisch, setzte sich und legte eine Zeitung und eine dünne Akte, die eher einem Schnellhefter glich, vor sich auf die Tischplatte. Er blickte auf und gab dem Wachmann mit einem kurzen Nicken zu verstehen, dass er mit mir allein sein wollte.

Lange sah er mich durchdringend an und schlug schließlich die Akte auf, in der er eine gefühlte kleine Ewigkeit blätterte.

„Sie wissen, warum Sie bei uns sind, Herr Wittenborn?", fragte er endlich höflich und sachlich. In seiner Stimme schwang ein dezenter anhaltinischer Dialekt.

„Ich habe nicht die leiseste Ahnung", quetschte ich mühsam hervor.

„Nicht die leiseste Ahnung. Mh, also, wir brauchen nicht lange drum herumzureden, warum es notwendig ist, Sie hier zu befragen. Es ist relativ ernst, das muss ich schon sagen. Sie haben wirklich keine Ahnung, warum Sie hier sind?"

Ich schüttelte den Kopf.

„Mal vorneweg, Herr Wittenborn, wir sind hier an absoluter Ehrlichkeit und Aufrichtigkeit interessiert. Ich kenne das Leben, die Kompliziertheit der menschlichen Psyche. Es gibt haufenweise Leute, die geistig hart am Wind segeln, und andere, die unglaublich ausgefuchst sind. Auf die Schliche kommen wir letztlich allen." Er nagelte mich mit seinen Blicken fest. „Denken Sie also bitte noch mal nach, was Ihnen vorgeworfen werden könnte."

Ich biss mir auf die Lippen und umklammerte den Hocker. Meine kritische Meinung gegenüber dem Sozialismus vertrat ich außerhalb der Familie äußerst zurückhaltend. Waren sie vielleicht meiner geplanten und natürlich höchst illegalen Ausmusterung auf die Schliche gekommen? Da ich die Vorwürfe ohnehin gleich erfahren würde, zog ich es vor zu schweigen und mit den Schultern zu zucken.

Der Stasioffizier runzelte die Stirn und strich sich lange mit zwei Fingern übers Kinn. Dann verzog er den Mund.

„Beihilfe zur Republikflucht lautet der Vorwurf. Sie wissen, um wen es sich handelt?"

Ein Angstschock ließ mein Knochenmark gefrieren, sämtliche Alarmlampen gingen an. Von einer Sekunde zur nächsten begannen die Relais in meinem Kopf auf Hochtouren zu rattern. Darauf stand jahrelanger Knast, wusste ich. Jetzt begriff ich auch, dass dieser scheinbar eloquente Typ am Schreibtisch ein gewiefter Vernehmer war. Ausgefuchst, wie er es nannte.

Wer in Herrgotts Namen war in den Westen geflohen? Meine Tante fiel mir ein. Sie weilte momentan auf Kuba – ihre große Reise. Sie sah das System zwar kritisch, wollte die DDR aber keinesfalls verlassen. Hatte sie einen Kubaner kennengelernt und war mit ihm nach Florida durchgebrannt? Ich dachte an Alex: Hatte er sich bei der Armee eine Kalaschnikow geschnappt und sich den Weg nach drüben freigeschossen? So gern er sich vermutlich auch abgesetzt hätte, im Prinzip war das ausgeschlossen, denn er absolvierte seinen Dienst in Eggesin, weit weg von der Grenze. Meine Mutter? Sie arbeitete trotz aller Widrigkeiten voller Leidenschaft in ihrer Praxis und hätte mich darüber hinaus nie im Stich gelassen. Was meinen Vater anging, war ich mir nicht ganz so sicher. Eine heiße Affäre mit einer Westberlinerin? Wie sollte da meine Beihilfe zur Flucht ausgesehen haben?

„Wenn Sie nicht reden, Wittenborn", hakte der Stasioffizier in schärferem Ton nach, „ist das auch in Ordnung. Wir haben Zeit. Niemand weiß, wo Sie sind. Keiner wird sich um Sie kümmern, bis Sie nicht geredet haben."

„Dann ist es glaube ich am besten, wenn Sie mir gleich sagen, um wen es sich handelt. Ich habe nämlich wirklich keinen blassen Schimmer. Aus meiner Familie und meinem engeren Freundeskreis kommt niemand für eine Flucht infrage."

„Das ist gelogen!", brüllte er und schlug mit der Hand auf den Tisch. „Von vorn bis hinten gelogen! Wollen Sie mich für dumm verkaufen, oder was? Wir haben eine ganz klare Aussage, die gegen Sie spricht, Wittenborn. Also, jetzt denken Sie auf der Stelle scharf nach, sonst lernen Sie mich kennen!"

Mein Mund bebte und erste Tränen rannen mir über die Wangen. Ich krümmte mich zusammen und stützte meinen Kopf auf die Hände.

„Aber ich weiß es doch nicht", wimmerte ich und schüttelte mechanisch den Kopf.

„Nachdenken!", befahl er.

Dann schwieg er und musterte mich. Nach einer Weile nahm er die Zeitung und begann zu lesen, das *Neue Deutschland* vom 11. August 1987. Auf der Titelseite konnte ich einige Schlagzeilen lesen: *Wanderfahnen für die Besten im sozialistischen Wettbewerb* und *Mit vereinter Kraft bergen Bauern Getreide und Raps*. Absurd, dachte ich.

Die Minuten krochen quälend langsam vorbei. Zu gern hätte ich mich jetzt an Emilia geschmiegt und mich von ihr trösten lassen. In den letzten Wochen hatten wir uns nur zweimal gesehen, da sie die Heimunterbringung ihrer Mutter organisieren musste. Es waren intensive Tage voller Leidenschaft gewesen. Sie hatte sich fast wieder so verhalten wie vor der missglückten Prüfung – aufgedreht, als stünde in Kürze eine Premiere am Theater bevor. Irgendwann verlor ich das Zeitgefühl und zählte wieder die Blumen auf der Tapete.

Irgendwann unterbrach der Vernehmer die Stille. Er griff zum Telefon und bestellte Kaffee.

„Wollen Sie auch einen?“, fragte er nett.

Von der freundlichen Geste überrascht nickte ich.

Wenig später brachte eine Sekretärin ein Tablett mit Kaffee und Gebäck und stellte es auf den Schreibtisch.

„Kommen Sie ran“, winkte mich der Offizier zu sich und deutete auf den Stuhl, der ihm gegenüberstand.

Langsam erhob ich mich, schlich durch das Zimmer und setzte mich an den Tisch. Dann tranken wir Kaffee und schwiegen, während er weiter Zeitung las. Nachdem wir die Tassen geleert hatten, warf er das *Neue Deutschland* zur Seite, beugte sich ein Stück vor, verschränkte die Hände und formte daraus eine doppelläufige Pistole.

„Also, Herr Wittenborn“, sagte er, „sind Ihre Überlegungen inzwischen zu einem Ergebnis gelangt?“

„Nein, tut mir leid. Ganz ehrlich, wenn ich etwas wüsste, würde ich es Ihnen sagen.“

„Gut. Gehen wir die Sache andersherum an. Reden wir nicht länger um den heißen Brei herum. Wie gesagt, dazu ist die Lage zu ernst.“ Er hielt die Hände jetzt flach gegeneinander und zog sie langsam auseinander, sodass sich alle zehn Finger an den Kuppen berührten. „Wann genau haben Sie Julia Ohm und ihre Freundin, Emilia Fiedler, zum letzten Mal gesehen?“

Die Falltür unter dem Galgen sprang auf, meine Füße verloren ihren Halt und ich stürzte ins Nichts. Mit einem Ruck straffte sich der Strick, und die Schlinge um meinen Hals zog sich zusammen. Mein Leben war zerstört. Jeder, nur bitte nicht Emilia!

„Vor … Vorletztes Wochenende, Freitag, 31. Juli, in Berlin“, brachte ich unter größter Anstrengung hervor. „Julia … vor ein paar Wochen.“

„Was haben Sie an diesem Wochenende miteinander besprochen und wo haben Sie sich aufgehalten?“, hakte er nach. „Wir brauchen jetzt Ihre Mitarbeit und …“

„Halt! Einen Moment“, unterbrach ich ihn. „Sagen Sie mir, dass Emilia nicht in den Westen abgehauen ist. Bitte, ich flehe Sie an! Das darf nicht wahr sein!“

„Doch, Herr Wittenborn, es entspricht leider den Tatsachen. Wir wissen es aus verlässlicher Quelle. Unsere Aufgabe ist es nun, die Hintermänner der Flucht …“

Ich hörte nicht mehr zu und brach heulend zusammen wie ein Kleinkind. Ein Orkan der Verzweiflung kam über mich. Ich suhlte mich auf der Tischplatte, überließ mich ganz diesem Sturm, bis Schlieren von Rotz und Tränen alles benetzt hatten und ich die düstere Welt um mich herum vergessen hatte.

Plötzlich legte mir jemand eine Hand auf die Schulter. Ich zuckte zusammen. Es war der Offizier.

„Ist ja gut, Junge. Beruhig dich erstmal."

Ich öffnete die Augen und lugte durch den Schleier nach oben.

„Sehen Sie sich imstande, weitere Fragen zu beantworten?"

Unfähig zu sprechen, brachte ich nur ein Krächzen hervor.

„Gut, in Ordnung. Machen wir morgen weiter. Ich lasse Sie jetzt zurück auf Ihre Zelle bringen." Er klopfte mir auf den Rücken und schob nach: „Keine Sorge, ich glaube, dass Sie nicht zu den Hintermännern gehören. Trotzdem müssen wir noch einiges besprechen."

Zurück in der Zelle versuchte ich, die neuen Informationen des Offiziers einzuordnen.

Warum war Emilia, meine große Liebe, in den Westen geflüchtet, ohne sich von mir zu verabschieden? Ohne ein Wort, für immer unerreichbar? Ich hätte jeden Eid geschworen, dass sie mich liebte. Nicht zuletzt hatte sie damit in Kauf genommen, mich in die Situation zu bringen, in der ich mich gerade befand. Neben Verzweiflung und Trauer empfand ich auch wieder Wut. Nicht gegen die Wärter, die mich fortan mehr oder weniger in Ruhe ließen, sondern gegen Emilia und denjenigen, der mir ihre Flucht angelastet hatte. Für diese Intrige kam eigentlich nur einer infrage: ihr Vater. Sobald ich hier raus bin, rechne ich mit dir ab, schwor ich mir.

Die Angst vor der Stasi war nichts im Vergleich zu der vor einer Zukunft ohne Emilia. Mein Kopf dröhnte, als hätte mir jemand eine Keule über den Schädel gezogen, und ich fror wie mit Eiswasser übergossen.

Das Wachpersonal gestattete mir nun, am Tag auf der Pritsche zu liegen. Aber was nützte mir das? Mein Leben war versaut, Schlaf zu finden unmöglich.

Tag zwei in der Stasi-Mühle. Tränen hatte ich keine mehr. Ich fühlte mich abgestumpft und ohne jeden Lebensmut. Der Offizier und ich saßen uns wieder beim Kaffee gegenüber. Meine Akte lag aufgeschlagen vor ihm auf dem Tisch.

„Ihre Akte ist so gut wie leer, Herr Wittenborn. Keine besonderen Vorkommnisse. Ihr Bestreben, auf dem zweiten Bildungsweg Ihr Abitur nachholen zu wollen und damit unsere sozialistische Gesellschaft zu stärken, ist sogar lobenswert." Er schloss den Hefter und legte eine Hand darauf. „Das ist aber alles zweitrangig, wenn es darum geht, jemanden zu beurteilen. Überzeugt hat mich Ihre Reaktion auf die Flucht Ihrer Freundin. Einem verzweifelten Geständnis kann ich vertrauen. Daher habe ich keine Zweifel, dass Sie nichts mit der Angelegenheit zu tun haben."

„Hätte ich es gewusst, hätte ich sie davon abgehalten." Ich atmete tief durch und sah ihn an. „Können Sie mir vielleicht sagen, wie Emilia geflohen ist?"

Er räusperte sich, verzog kurz den Mundwinkel und antwortete mit einer kleinen Verzögerung: „Nein, das ist geheim. Ich kann Ihnen aber sagen, dass wir die gegen Sie vorgebrachten Vorwürfe inzwischen überprüft haben.

Die Angaben des Betreffenden waren unzutreffend."

„Ich weiß, wer das war", sagte ich und musste das Beben in meiner Stimme unterdrücken.

„Zu diesem Punkt dürfen Sie gern schweigen", meinte der Vernehmer streng. „Mich treiben ganz andere Dinge um als falsche Verdächtigungen. Mich würde vielmehr interessieren, wie Emilia Fiedler unserer Republik den Rücken kehren konnte. Was ist geschehen, dass jemand wie sie, die in der FDJ war und an der vormilitärischen Ausbildung teilgenommen hat, einen solchen Schritt geht? Dabei war sie sogar Vorsitzende des FDJ-Gruppenrates in ihrer Klasse im Chemiewerk. Ich will jetzt alles hören, was Sie über sie wissen, Herr Wittenborn!" Er beugte sich wieder ein Stück vor und parkte sein Kinn auf den Fingerknöcheln. „Alles, ehrlich und aufrichtig! Und bedenken Sie, dass sie Sie verraten hat."

Ohne schlechtes Gewissen erzählte ich ihm aus Emilias Leben. Ich verschwieg nur intime Details und Aussagen von ihr, die man als Motive für eine Flucht hätte deuten können.

„Gut, das reicht mir fürs Erste", meinte der Vernehmer am Ende meiner Aussage und resümierte: „Sie glauben also, dass Emilia Fiedler vor ihrem Vater, der an einer nicht näher definierten Persönlichkeitsstörung leidet und sie seit ihrer Kindheit schwer psychisch misshandelt hat, geflohen ist. Als Hauptanlass nennen Sie die nicht bestandene Aufnahmeprüfung an der Schauspielschule Ernst Busch, die Fräulein Fiedler in eine schwere persönliche Krise gestürzt hat. Sie vermuten, dass sie in der BRD einen neuen Anlauf nehmen wird, um Schauspielerin zu werden?“

„Das ist richtig.“

„Mh, das sind psychologisch sehr interessante Punkte. Das könnte in der Tat eine Motivation ergeben, zumal sie ihre Mutter ja jetzt in der Obhut von kompetentem Fachpersonal weiß. Das hat ihr die Abkehr von unserer Republik sicher erleichtert.“

Er machte sich auf einem Schreibblock Notizen, obwohl garantiert ein Tonband mitlief. Am Ende der Fragerunde furchte er die Brauen, faltete wieder die Hände zur doppelläufigen Pistole und streckte sich zu maximaler Größe.

„So, Herr Wittenborn, nun mal Hand aufs Herz. Reden wir nicht lange drum herum. Wie gesagt, ich kenne die menschliche Psyche, die in solchen Fällen nicht einmal besonders kompliziert ist. Also, tragen Sie sich mit der Absicht, es Ihrer Freundin gleichzutun und unsere Republik zu verlassen?“

„Nein, ich habe mein Leben hier“, antwortete ich prompt, da ich mit der Frage gerechnet hatte. „Meine Eltern, alle meine Verwandten und Freunde leben in der DDR. Im Westen hätte ich niemanden. Außerdem freue ich mich auf meine neue Arbeit mit behinderten Kindern. Ich will hier Medizin studieren und etwas erreichen. Warum sollte ich einen Ausreiseantrag stellen?“

Was ich vorbrachte, entsprach der Wahrheit – allerdings nicht der ganzen. Obwohl Emilia anscheinend mein Vertrauen gebrochen hatte und ich unendlich wütend auf sie war, liebte ich sie weiterhin über alles. Schon nach dem Verhör am Vortag hatte ich darüber nachgegrübelt, wie ich über den Eisernen Vorhang springen und zu ihr gelangen konnte.

„Weil die Liebe manchmal jegliche Logik ausschaltet. Glauben Sie mir, Herr Wittenborn."

21

Das Verhör war noch lange nicht beendet. Im Gegenteil, es ging erst richtig los. Ich musste von mir, meiner Familie und meinen Freunden berichten. Von der Wiege an, Bildungsweg, Parteizugehörigkeit, wer wie seine politische Meinung vertrat und sich mit wem privat traf. Angesichts der gebotenen Vorsicht strengte mich die Befragung extrem an. Der Offizier machte es mir besonders schwer, denn mit seiner freundlich-zugewandten Art baute er mir während des Gesprächs Brücken, über die ich besser nicht ging. Ich weiß bis heute nicht, ob ich in die eine oder andere Falle getappt bin.

„So, Herr Wittenborn, das wär's fürs Erste. Meine Kollegen haben für Sie eine Erklärung vorbereitet", sagte der Vernehmer und zog eine Mappe aus dem Schreibtisch. „In der verpflichten Sie sich, uns unverzüglich und mit der gebotenen Ehrlichkeit zu berichten, sobald Fräulein Fiedler mit Ihnen Kontakt aufnimmt. Das gilt natürlich auch für den Fall, sollten Sie von anderen Bürgern erfahren, die eine Republikflucht in Erwägung ziehen oder sich wie Konterrevolutionäre verhalten. Eine reine Formalie. Gleich nachdem Sie unterschrieben haben, bringen wir

Sie nach Hause."

Er schob mir den Wisch hin und ich überflog ihn. Ich zählte eins und eins zusammen. Mit meiner Unterschrift würde ich mich zum Inoffiziellen Mitarbeiter der Staatssicherheit verpflichten. Vielleicht hieße ich dann in Stasikreisen IM Witte. Mir wurde speiübel.

Der Offizier las die Abneigung von meinem Gesicht ab.

„Nun machen Sie schon, Herr Wittenborn! Es ist notwendig. So ein schöner Spätsommertag da draußen", meinte er vielsagend und deutete mit einer Kopfdrehung auf die geschlossene Jalousie, die von der Sonne angestrahlt hell leuchtete.

„Reicht es nicht, wenn ich Ihnen verspreche zu berichten, wenn Emilia bei mir anruft oder einen Brief schreibt?"

Über das Gesicht des Offiziers glitten unangenehme Schatten.

„Nein, das reicht uns nicht", sagte er und seine Stimme klang plötzlich eckig und steinhart wie die eines Feldwebels vor der Truppe.

„Aber Sie würden es doch sowieso mitbekommen, wenn sie mit mir Kontakt aufnimmt", versuchte ich, mich zu entschuldigen.

Seine Augen glitzerten frostig und er schwieg. Eine Minute, zwei? Dieses Spielchen wieder …

„Was ist nun?", fragte er schließlich und hielt mir den Füller hin.

Ich atmete tief ein, prustete und massierte mein Ohrläppchen. „Bitte nehmen Sie es mir nicht übel, aber ich kann das nicht."

„Wittenborn!“, schrie er wie ein Tier und im selben Moment raste seine Faust wie ein Felsbrocken auf den Tisch.

Der Schlag stauchte mich zusammen und kostete mich zehn Zentimeter meiner Körpergröße.

„Sie werden jetzt auf der Stelle den Papierkram erledigen, sonst sorge ich dafür, dass Sie einen Zellenkoller bekommen! Verlassen Sie sich drauf.“ Er nahm den Füller und fuchtelte damit in meine Richtung, als wollte er mich aufspießen. „Das machen wir jahrelang, wenn es sein muss, bis Sie reif für die Psychiatrie sind. Leipzig, Haftkrankenhaus. Da wollen Sie nicht wirklich hin, glauben Sie mir. Und Ihr Medizinstudium können Sie dann auch in den Wind schreiben. Das leite ich höchstpersönlich in die Wege.“

Er brüllte noch eine Weile Drohungen, während ich ihn mit aufgerissenen Augen anstarrte und versuchte, mich zu einer Kugel zusammenzurollen. Sogar Repressalien gegen die Praxis meiner Mutter und die Firma meines Vaters brachte er auf das Tableau. Die Erinnerung an den perfiden Rest seiner Tirade schluckte meine Angst. In diesem Zustand vermochte ich es nicht einmal, meinen Entschluss, die Verpflichtung nicht zu unterschreiben, noch einmal zu überdenken oder zu revidieren. Ich schaltete automatisch auf stur.

„Noch ist Ihre Akte leer, Wittenborn“, schloss er und wedelte mit dem Schnellhefter vor meiner Nase herum. „Das ist jetzt Ihre letzte Chance, dass das auch so bleibt. Also, was sagen Sie?“

Zitternd schüttelte ich den Kopf und schloss die Augen. Ich ertrug diesen Mann nicht länger. So hörte ich nur, wie er zum Telefon griff und die Wählscheibe betätigte.

„Zimmer sechs hier", sagte der Offizier wieder sachlich. „Sie können 461 jetzt abholen. Was? Nein, nein, diesmal das Übliche."

Damit waren die verschärften Bedingungen gemeint, die ich bereits zu Beginn meiner Haft über mich ergehen lassen musste.

„461, gerade sitzen!" Das Geräusch der Klappe in der Stahltür wird für alle Ewigkeit in meinem Kopf hallen.

Nachts dann wieder die verdammte Glühlampe.

„461, liegen Sie auf dem Rücken, Hände auf die Decke!"

In dieser Lage liefen mir Tränen die Wangen hinunter. Hustenanfälle überkamen mich. Ich war davon überzeugt, die Stasi wollte mich im Knast umkommen lassen. Niemand durfte mich besuchen, niemand wusste, wo ich war.

Mitten in der zweiten Nacht holten mich die Wärter plötzlich aus meiner Zelle. Sie zerrten mich durch die Flure bis zu dem Barkas mit der Centrum-Warenhaus-Lackierung und pferchten mich wieder in das Miniklohäuschen. Eine Ewigkeit fuhren wir mit der Kiste in der Gegend herum. Weit draußen auf einer Landstraße hielten die Fahrer, um sich die Beine zu vertreten und eine Zigarette zu rauchen. Das machen Erschießungskommandos wahrscheinlich so, bevor sie ihrer Arbeit nachgehen, dachte ich. Die Rufe eines Kauzes durchbrachen die Stille, während ich weinend um mein Leben bangte und „Bitte nicht, bitte nicht" vor mich hin flüsterte.

Doch die Fahrt ging weiter und bald erreichten wir eine Stadt, wie ich aus den Umgebungsgeräuschen schloss. Wir fuhren hart um eine Kurve und bremsten scharf, sodass ich ein letztes Mal mit dem Kopf gegen das Blech knallte. Dann öffnete sich die Luke zum Fahrerhäuschen.

„Wittenborn, zu niemand ein Wort, verstanden?", röhrte einer der Männer. „Sonst sind Sie im Handumdrehen wieder drin. Verstanden?"

„Ja", krächzte ich mit einem Kloß im Hals.

„Lauter, hab nichts verstanden! Kein Wort, von gar nichts! Verstanden?"

„Ja", versuchte ich es lauter.

„Gut so. Wir erfahren so oder so alles."

Ein Wachmann stieg aus, entriegelte die Heckklappe und endlich auch meine Sardinenbüchse. Dann packte er mich am Kragen, schleifte mich hinaus und gab mir einen Schubser. Noch ehe ich mich umwenden konnte, stand ich in ihrer Abgaswolke und sie verschwanden.

Ich fand mich zwei Straßenecken von meiner Wohnung entfernt wieder. Die Übelkeit, die sich seit der Inhaftierung aufgestaut hatte wie der Druck in einem Vulkan, explodierte mit Macht. Im Schwall erbrach ich mich auf ein Blumenbeet, das die Protokollstrecke zum Schloss Niederschönhausen verschönte. Dort, wo sonst Staatsgäste umjubelt entlangrollten, flogen unverdaute Reste der kalorienreichen und vitaminarmen Knastkost auf die Stiefmütterchen und Vergissmeinnicht. Alles musste raus. Erst als ich nur noch Galle hervorwürgte, hörte ich schweißüberströmt auf, mir den Finger in den Hals zu stecken. Dann schlurfte ich nach Hause.

In der Hoffnung auf eine Nachricht leerte ich den Briefkasten und fand eine Postkarte von Moni aus Havanna, aber keinen Brief von Emilia. In der Wohnung betätigte ich den Lichtschalter und zuckte zusammen, als der Strom den Glühfaden zum Leuchten brachte. Da Moni noch auf Kuba und Sir Henry bei Brigitte in Pflege war, traf mich der Schock des Alleinseins doppelt. In diesem Moment realisierte ich, was geschehen war. Emilia hatte mich ohne Abschied verlassen. Sie war wie vom Erdboden verschluckt, auf immer verschwunden, wie tot. Die Räume, die sie mit ihrem Gesang und ihrem Lachen gefüllt hatte, waren auf einmal still wie eine Grabkammer.

Ich ging in die Küche, brühte mir einen Tee und wollte ihr Verschwinden nicht wahrhaben. Im Stasiknast hatte ich klare Bilder für ihre Motive gesehen. Jetzt zweifelte ich daran, dass sie wegen ihres Vaters und der verbauten Schauspielkarriere in den Westen geflohen war. Hing es vielleicht doch mit mir zusammen? Aber was hatte ich ihr getan? War es meine Eifersucht gewesen? Oder mein ungeschicktes Verhalten nach ihrer Prüfung? Ich würde es vielleicht nie erfahren. Mein ganzes Leben war auf den Kopf gestellt.

Nach einer langen Dusche schlüpfte ich gegen drei Uhr morgens ins Bett. Da ich ohnehin keine Ahnung hatte, welcher Wochentag war, wollte ich erst einmal richtig ausschlafen. Ich öffnete das Fenster und atmete tief die laue Sommernachtluft ein. Auch die Tür ließ ich offen. Eine Weile konnte ich mich nicht entscheiden, ob ich das Licht im Flur anmachen oder auslassen sollte. Ich entschied mich für Letzteres. Überhaupt überkam mich eine innere Unruhe, die mir den Schlaf raubte. Meine Augenlider zuckten und abwechselnd schwitzte oder fror ich. Schließlich sprang ich auf, zog mich wieder an und unternahm eine Nachtwanderung.

Je länger ich über Emilia nachdachte, desto wütender wurde ich. Gab es nicht so etwas wie Anstand, Respekt, Reife und Mut? Es musste ihr doch klar gewesen sein, dass ich sie nie verraten hätte. Warum hatte sie sich nicht von mir verabschiedet und mir ohne Vorwarnung die sicheren Konsequenzen, eine Verhaftung durch die Stasi, angetan? Ich kickte einen Stein den Weg entlang und – ja, ich fluchte Kraftausdrücke gegen meine Liebe, die ich im nächsten Augenblick bereute, denn an die Stelle der Wut trat rasch wieder brennende Sehnsucht.

Verzweifelt lief ich durch die Nacht. Irgendjemandem musste ich mich jetzt anvertrauen, so schnell wie möglich, um nicht durchzudrehen. Auf dem Rückweg sah ich Monis Trabi vor unserem Haus. Der Impuls, einzusteigen und zu meinen Eltern zu fahren, wuchs ins Unermessliche. Auf der anderen Seite stand die Drohung der Stasi, mich unverzüglich wieder einzulochen, wenn ich genau das täte. Und diesmal wäre es nicht mit ein paar Tagen als Nummer 461 getan, sondern würde vielleicht für Jahre im finstersten Knast der Republik enden. Der Konflikt zwischen Angst und Sehnsucht nach Wärme und Verständnis zerriss mich.

Ich drehte noch eine Runde um den Block. Da war keine Menschenseele. Dann rannte ich die Treppe zur Wohnung hinauf, schnappte mir den Autoschlüssel und fuhr los. Während der Fahrt hatte ich meinen Blick mehr im Rückspiegel als auf der Straße. Ich fuhr Umwege, stoppte immer wieder und suchte die Straßen nach etwaigen Verfolgern ab. Erst als ich die Luft für absolut rein hielt, traute ich mich hinaus nach Zepernick und klingelte um vier Uhr morgens bei meinen Eltern Sturm.

Es dauerte eine Weile, bis meine Mutter im Nachthemd und mein Vater in einem kurzärmligen Schlafanzug aus dem Haus getrottet kamen und mich anstarrten, als wäre Jesus wiederauferstanden.

„Junge, wo bist du gewesen?", wollten sie wissen. Sie fielen mir um den Hals und erdrückten mich fast. „Wir haben ständig versucht, dich zu erreichen, zu Hause, auf Arbeit, bei Emilia. Bei der Polizei haben wir eine Vermisstenanzeige aufgegeben. Keiner wusste Bescheid. Wir dachten schon, dir ist was passiert!"

„Ist es auch, ist es auch", wiederholte ich monoton, bevor ich zusammenbrach.

Auf dem Sofa im Wohnzimmer ließ ich mich abwechselnd von meiner Mutter oder meinem Vater trösten oder von allen beiden. Seit meiner Kindheit hatte ich kein ähnliches Maß an körperlicher Nähe mehr von meinen Eltern erfahren.

Zunächst brachte ich schluchzend nur abgehackte Wortfetzen hervor, die grob umrissen, was mir widerfahren war. Es war Sonnabend, also hatten wir Zeit. Im Laufe des Morgens erzählte ich dann die gesamte Geschichte meiner Inhaftierung und von Emilias Flucht.

Wutschnaubend stampfte mein Vater durch das Zimmer und schimpfte auf *diese verdammte Stasibrut* und *dieses verlogene Miststück*, womit er Emilia meinte.

Zwischendurch kam ihm zu Bewusstsein, was der Übergriff der Stasi für mich und die gesamte Familie bedeutete. Der Apparat würde uns von nun an auf dem Kieker haben. Was, wenn sie ihm die Firma schlossen oder meine Mutter aus der Praxis warfen?

„Und du hast es abgelehnt, eine Verpflichtung zu unterschreiben, Junge?" In einer Mischung aus Ungläubigkeit und Stolz sah mein Vater mich an.

„Für diese Schweine andere Leute bespitzeln? Nie im Leben!", sagte ich. „Schon gar nicht nach dem, was sie damals mit Opa gemacht haben. Ich hätte nie wieder in den Spiegel sehen können."

„Denen die Stirn zu bieten, dazu gehört schon Mut", meinte er, nahm mich einmal mehr in den Arm und klopfte mir auf den Rücken. „Wirklich, das war stark, ganz stark."

„Es tut mir so leid", sagte meine Mutter. „Aber noch schlimmer als die Stasi ist für dich bestimmt, dass Emilia nicht mehr da ist."

„Ja, es ist, als ob sie gestorben wäre. Sie ist jetzt so unerreichbar wie auf einem anderen Planeten. Einfach nicht mehr da."

„Und? Willst du vielleicht auch rüber, ihr hinterher?", fragte sie vorsichtig. „Verständlich wär's ja."

„Für mich ist das doch ein fremdes Land, Mama. Wir haben niemanden drüben. Ihr, Moni, die ganze Familie lebt hier. Und hier traue ich mir auch 'ne Menge zu. Aber da?"

Auf meinen Wunsch hin erntete mein Vater Tomaten, Radieschen und grünen Salat aus dem Garten und meine

Mutter schnipselte alles in eine Schüssel und gab Essig und Öl dazu. Nach der Knastkost hatte ich Heißhunger auf Frisches.

Später unterhielt ich mich allein mit meiner Mutter.

„Es wird eine Weile dauern, bis du das verarbeitet hast. Monate, wahrscheinlich sogar länger. Nimm dir die Zeit. Das ist ein Prozess, aber irgendwann musst und wirst du loslassen.“

„Ach, Mama, das kann ich mir im Moment überhaupt nicht vorstellen. Gerade waren wir noch so voller Hoffnungen, haben zusammen Pläne geschmiedet. Ich raffe das einfach nicht. Es tut so weh. Alles fühlt sich so leer an, so einsam, so sinnlos.“

„Du wirst sehen, die Zeit heilt alle Wunden. Das ist ein blöder Spruch, aber die Wahrheit. Dann kannst du vielleicht auch wieder an die schönen Momente mit ihr denken. Dein Weg geht jedenfalls weiter und irgendwann dann bist du bereit für Neues, glaub mir.“

22

Wie den Stasioffizier hatte ich auch meine Eltern belogen. Natürlich überlegte ich vom ersten Tag an, wie ich in den Westen zu Emilia gelangen konnte. Die Sehnsucht zerfraß mich. Ich konnte an nichts anderes mehr denken. Sicher wartete sie bereits in Köln oder West-Berlin auf mich. Ihr Verschwinden schien mir so unwirklich wie die Nächte im Stasiknast.

Doch für die Flucht durch den Eisernen Vorhang fehlten mir kriminelle Energie, Kreativität in praktischen Belangen und kommunikative Finesse. Die klassische Überwindung der Mauer zu Land, zu Wasser und in der Luft spielte ohnehin nicht in meiner Liga. Die Grenzer hätten mich mit Sicherheit geschnappt oder erschossen. Sollte ich einen Diplomaten ansprechen, der mich im Kofferraum seiner Limousine auf die andere Seite schmuggelte? Ich kannte keinen. Eine weitere Möglichkeit war die Flucht über die Grenzen im Ausland, über Ungarn oder Bulgarien. Die Stasi hatte mich jedoch jetzt auf dem Zettel und die Stacheldrahtzäune in den Bruderländern hielt ich für ebenso undurchlässig wie jene, die Deutschland teilten.

Mir blieb lediglich, einen Ausreiseantrag zu stellen. Vom Hörensagen kannte inzwischen jeder irgendjemanden, der das getan hatte. Die Bearbeitung eines solchen Antrags dauerte jedoch Jahre und war mit Schikanen verbunden. Meinen Job auf der Kinderreha konnte ich mir dann wohl ebenso abschminken wie das Medizinstudium. Das einzig Sichere an einem solchen Antrag wäre eine schärfere Überwachung durch die Stasi gewesen.

Ich verwarf die Gedanken und flüchtete stattdessen zu Moni auf das Grundstück, wo ich den Rest des Sommers verbrachte. Sie war inzwischen braungebrannt und voller neuer Eindrücke aus Kuba zurückgekehrt. Als ich ihr von meinen Erlebnissen erzählte, regte sie sich furchtbar über die Stasi auf und tröstete mich auf ihre Weise.

„Mein Schatz, hätte ich das gewusst", meinte sie ernst, „wäre ich rüber nach Florida geschwommen. Kein Problem für mich. Du weißt ja, Fett schwimmt oben. Von da aus wäre ich rübergeflogen und hätte deiner Süßen mal richtig die Leviten gelesen und sie an den Ohren wieder nach Hause geschleift. Dieses verdammte kleine Biest!"

„Lieb von dir, Moni, aber selbst wenn Emilia reumütig hätte zurückkommen wollen, wäre die Wiedereinreise in den Osten sicher problematisch geworden."

„Stimmt auch wieder. Aber irgendjemand müsste ihr mal sagen, was für ein Herzchen sie ist und was sie dir angetan hat."

„Ja, das wäre gut", sagte ich nachdenklich. „Aber wie soll das möglich sein?"

In Niederlehme verschloss ich mich vor der Menschheit und brütete über meinem Kummer. Einmal am Tag telefonierte ich mit meinen besorgten Eltern. Unsere Gespräche blieben allerdings im Allgemeinen, da die Stasi uns mit Sicherheit abhörte. Bei jedem Knacken im Hörer zuckte ich zusammen und bekam vor Angst Magenkrämpfe und Schweißausbrüche, weil ich fürchtete, die Graumäntel könnten wieder anrücken.

Nur gelegentliche Gespräche mit Moni unterbrachen

den Strudel, der mich immer weiter in die Tiefe zu reißen drohte. Auch wenn sie manchmal ohne Ziel und großartigen Sinn waren, taten mir die Unterhaltungen gut, zumal sie meist bei exzellentem Essen stattfanden.

Am liebsten aber hockte ich auf dem Steg und starrte gedankenverloren auf den See, der schimmernd vor mir lag. Um mich herum schrien Vögel und das Licht der Sonne flimmerte im Wasser über den Seerosen. Meine Gedanken flogen hinaus zu den Ausflugsdampfern und Motorbooten, die stumpfsinnig über das Wasser jagten. Eigentlich sollte ich mit Emilia jetzt auf der Wolga reisen, stattdessen …

Im Konsum um die Ecke kaufte ich mir eine Flasche Nordhäuser Doppelkorn und gab mir die Kante. Das verstärkte meine Magenkrämpfe. Wenn ich zu lesen versuchte, gelang es mir nicht, mich zu konzentrieren. Das Chaos meiner Gefühle drohte mich um den Verstand zu bringen: Weinkrämpfen folgten Zukunftsängste, Ohnmacht wurde begleitet von tiefer Niedergeschlagenheit. Selbst Sir Henry, der oft Zeit mit mir verbrachte, war das Durcheinander irgendwann zu viel und er verschwand im Haus.

Wut empfand ich auf Emilias Vater, der, so vermutete ich, bei der Stasi mit dem Finger auf mich gezeigt hatte. Nur wie beglich ich unsere offene Rechnung? Die größte Quelle der Unsicherheit aber war die Frage, wie ich mit Emilia in Kontakt treten konnte. Telefonate verboten sich, aber warum hatte ich nie einen erklärenden Brief von ihr bekommen?

Auf der Suche nach Antworten fuhr ich schließlich

nach Premnitz. Doch wie sich herausstellen sollte, war es ein Fehler, in der offenen Wunde zu rühren …

Weil Moni gerade den Trabi hatte, nahm ich den Zug und stieg am Premnitzer Bahnhof aus. Zunächst ging ich zur Nexöstraße. Dort verharrte ich lange vor dem Klingelschild. Wie damals, als ich das erste Mal zu Emilia gefahren war, vermochte ich es nicht, den Klingelknopf zu drücken. Was sollte ich Herrn Fiedler sagen? Dass er ein psychisch gestörter Mann war, der seine Tochter in die Flucht getrieben hatte? Dass ich ihn verachtete? Ich überlegte, wie mein Vater mit der Situation umgegangen wäre. Er hätte sich Herrn Fiedler vermutlich vorgeknöpft und ihn krankenhausreif geschlagen. Aber würde mir das Genugtuung und Befriedigung verschaffen? Vielleicht im ersten Moment. Später hingegen würde ich mich weiter mit diesem Menschen beschäftigen müssen, der mir nicht guttat. Oder schlimmer, meine Rache löste einen Kreislauf aus, ein Hochschaukeln, das außer Kontrolle geriet.

Mit geballten Fäusten und Flüchen gegen Herrn Fiedler auf den Lippen wandte ich mich letztlich ab und ging zu dem Block, in dem Julia gewohnt hatte.

Als ich um die Straßenecke bog, stockte mir der Atem. Vor dem Haus stand ein grauer Wartburg, in dem zwei jener auffällig unauffälligen Männer saßen, die ich wünschte, nie wiederzusehen. Vorsichtig drehte ich mich um und schlich zurück, bis ich außer Sichtweite war. Dann hyperventilierte ich und rannte panisch los. Meine Beine trugen mich automatisch dorthin, wo ich die schönsten Momente mit Emilia in Premnitz verbracht hatte.

In der Siedlung, in der sich die Datsche der Familie Ohm befand, wimmelte es an diesem Spätsommertag vor Menschen, deren Anwesenheit meine Angst nicht besänftigte. Ich riskierte einen Blick auf die Laube. Verlassen stand sie in dem leeren Schrebergarten, als hätten meine Erinnerungen nichts mit ihr zu tun.

Blieb mir noch ein Gang in der trostlosen Kleinstadt, der zu meiner Stimmung passte. Ich besuchte Emilias Mutter im Pflegeheim. Durch ihre Spastik zu völliger Bewegungslosigkeit verdammt und unfähig zu sprechen, lag sie auf ihrem Bett. Tränen füllten ihre Augen, als sie mich sah. Irgendjemand musste ihr von Emilias Flucht erzählt haben. Ich nahm ihre Hand und versprach, mich um Emilia zu kümmern und sie im Heim zu besuchen, wenn ich wieder in der Nähe sei.

Im Zug nach Berlin fiel ein Fels von meiner Brust. Ich kehrte Premnitz den Rücken. Vor einigen Wochen hatte ich genau das Gegenteil empfunden. Einmal mehr begriff ich, wie grundlegend sich mein Leben verändert hatte.

Zurück in Niederlehme überließ ich mich wieder meiner Niedergeschlagenheit und versank in Apathie. Meinen Platz am See verließ ich nur, um mit Sir Henry eine Stunde durch den Wald zu streifen und Pilze für das Abendbrot zu sammeln. Nachts schlief ich auf der Terrasse. Ich mied geschlossene Räume.

Irgendwann kam meine Tante energisch auf den Steg gestampft.

„Sag mal, wie soll das jetzt eigentlich weitergehen mit dir?"

„Weiß nicht", antwortete ich teilnahmslos ohne den

Blick von der Pose meiner Angel zu nehmen. „Es gibt einfach keinen Ausweg. Alles ist so sinnlos, so … Ach, ich weiß auch nicht.“

„Das mag auf deine Schnecke zutreffen, gilt aber nicht für dich!“

Sie nahm mir die Angel aus der Hand und zog sie aus dem Wasser. Ich sah zu ihr auf. Das aufgebrachte Glitzern in ihren Augen und ihr Ton erstaunten mich.

„Wie wäre es, wenn du deinen Hintern mal erhebst und dich an den Schreibtisch setzt? Hast du schon mal darüber nachgedacht, dass dein Abi in knapp zwei Wochen beginnt und du deine neue Stelle antreten willst? Meine Güte, so was will doch vorbereitet sein.“

Ausgerechnet meine Tante triezte mich zur Arbeit!

„Tut mir leid“, sagte ich kleinlaut, „dafür war in den letzten Tagen kein Platz in meinem Kopf. Aber gut, ich werde nächste Woche nach Hause fahren und …“

„Nichts ist mit nächster Woche“, entgegnete sie streng. „Du wirst dir jetzt das Russischbuch schnappen und abends werden wir ein Grammatikthema durchsprechen. Aber vorher kannst du mir beim Pilzeputzen helfen und dir dein Abendbrot verdienen. Schluss mit Hotel Moni! Und morgen fährst du zurück nach Pankow!“

Nach dieser Ansage ging Moni zurück ins Haus, wo sie auf der Terrasse *Ein Yankee am Hofe des König Artus* las und rauchte. Der Steg vibrierte noch eine Weile und Sir Henry trottete ihr hinterher.

Am nächsten Tag fuhr ich zurück nach Berlin. Überall sah ich knutschende Paare und fand sie abstoßend. Wie sollte das Leben ohne Emilia weitergehen? Ich vermisste sie so sehr, dass mein Körper schmerzte. So stellte ich mir einen kalten Drogenentzug vor.

Zu Hause angekommen leerte ich mechanisch den Briefkasten. Rechnungen, ein Kontoauszug, ein Brief von der Ossietzky-Oberschule und ein unfrankierter Brief ohne Absender. Mein Herz begann wie verrückt zu rasen. Ich sah mich um und riss ihn auf.

In dem Kuvert steckten zwei Briefe. Einer von einer Renate Stenzel aus Hamburg, wohnhaft in der Rothenbaumchaussee. Ich las ihn gleich im Treppenhaus. Frau Stenzel schrieb, sie sei die Tante von Julia Ohm und habe ihre Nichte und deren Freundin, Emilia Fiedler, bei sich aufgenommen. Beiden gehe es gut. Die Mädchen bedauerten die unangenehmen Umstände, die ihre Flucht möglicherweise für mich ausgelöst haben könnten. Emilia habe sie gebeten, bei ihrem Ost-Berlinbesuch einen Brief bei mir abzugeben. Eine Antwort könne ich gern an ihre Adresse senden.

In dem Moment öffnete eine Nachbarin die Tür und spähte nach mir. Rasch rannte ich mit den Briefen nach oben in die Wohnung. An die geschlossene Wohnungstür gelehnt las ich Emilias Brief. Sie schrieb:

Lieber Eric,

seit ich hier bin, weiß ich, dass es mein allergrößter Fehler war, dich zurückzulassen. Glaube mir, ich sterbe vor Sehnsucht und hasse mich abgrundtief für meine Dummheit. Du fehlst mir so, das kannst du dir gar nicht vorstellen.

Es tut mir auch furchtbar leid, dass ich mich nicht mal von dir verabschiedet habe. Aber ich musste das so machen! Du durftest von der Sache nichts wissen, damit dir keiner was kann. Mein Schatz, ich hoffe so sehr, du hattest nicht allzu viel Ärger wegen deiner dummen Emilia!

In Julias Hamburger Familie wurde ich superherzlich aufgenommen. Ihre Tante und ihr Onkel harmonieren so toll, wie ich es noch nie zuvor bei einem Paar erlebt habe. Da sie allerdings drei Kinder haben (alle noch im Kindergartenalter), ist es ziemlich eng. Sie sind hilfsbereit und haben mir schon einen Termin für eine Aufnahmeprüfung an der Otto-Falckenberg-Schauspielschule in München besorgt. In zwei Wochen ist es soweit. Wahnsinn! Bitte drücke mir die Daumen! Und Julia hat sogar schon einen Job als Chemielaborantin bei Henkel hier in Hamburg in Aussicht.

Die Eindrücke im Westen überwältigen mich. Die Leute können tun, was sie wollen, sie sind frei. Sicher ist nicht alles Gold, was glänzt, aber das Angebot und die Vielfalt sind umwerfend. Aus den Plattenläden müsste ich dich wahrscheinlich nach Tagen herauszerren …

Ach Eric, willst du nicht auch rüberkommen? Ich liebe dich doch so sehr und hier könntest du genauso gut (wenn nicht besser) Medizin studieren. Es gibt genügend Leute, die das organisieren, glaube mir.

Unsere Flucht war gar nicht so schwer. Julia und ich waren in den Wochen davor einige Male im Lindencorso, wo wir zwei Diplomaten aus Italien kennengelernt haben (brauchst nicht eifersüchtig zu sein). Die haben uns dann im Kofferraum ihres Mercedes nach West-Berlin geschmuggelt. Ein paar Minuten Angst und das wars.

Also denke bitte gründlich darüber nach und gib mir bald Bescheid, damit ich alles in die Wege leiten kann. Du fehlst mir so!

Auch wenn ich ein bisschen Angst vor der Zukunft habe, hoffe ich, dass es in München was werden kann mit meiner Schauspielerei. Ich muss einfach auf der Bühne stehen!

Natürlich habe ich ein schlechtes Gewissen wegen meiner Mama. Ob du sie vielleicht mal besuchen könntest? Das wäre total lieb, denn sie ist neben dir der wunderbarste Mensch auf der Welt.

Mein Schatz, ich geben die Hoffnung nicht auf, dich so schnell wie möglich wiederzusehen.

Deine dich liebende
Emilia

Noch während des Lesens begannen meine Hände zu zittern und Tränen verschmierten die Tinte. Dann brach ich unter Schluchzern zusammen und ließ mich auf das Bett fallen, wo ich zusammengerollt in unendlicher Einsamkeit weinte. Ich konnte nicht mehr aufhören. Nur einmal stand ich auf, um das Fenster aufzureißen und gierig frische Luft zu inhalieren. Die Verzweiflung trieb mich ans Ende meiner Kräfte. Keine Ahnung, wie lange ich mich auf der Matratze wälzte und wann ich wie betäubt in die Küche schlich, um mir einen Kaffee zu brühen.

Ich grübelte über Emilias Brief nach. Am liebsten hätte ich ihr sofort eine Antwort geschrieben und diese irgendwie in den Westen befördert. Ich war fest entschlossen, ihre Schlepper zu beanspruchen und mich von ihnen ebenfalls über die Grenze chauffieren zu lassen.

Doch nach einigen Stunden verwarf ich den Gedanken wieder. Ich war schließlich kein hübsches Mädchen mit Minirock und unwiderstehlichen Augen, für das sich ein Diplomat gern einmal vergaß. Die einzigen, die ein Auge auf mich geworfen hatten, waren die Typen von der Stasi.

Lindencorso, großer Gott! Ich kannte diese Nobeldisco Unter den Linden. Obwohl Alex und ich da wegen der affektierten Mädchen und Lackaffen nie verkehrten, hatte sich das Gerücht bis zu uns herumgesprochen: Im Lindencorso verkauften sich Frauen aus dem Osten für Geld, Schmuck, Westsachen und eben …

Hitze stieg in mir auf. Ich biss die Zähne aufeinander und wie von selbst zerknüllten meine Hände Emilias Brief, bevor meine Finger ihn in Schnipsel zerlegten. Aber was half das schon? Jedes ihrer Worte in der schönen runden Mädchenhandschrift hatte sich bereits in mein Gedächtnis eingebrannt.

23

Für den Versand meines Antwortbriefes kamen nur sehr wenige in Betracht. Natürlich wandte ich mich mit diesem Anliegen an meine Mutter mit ihren vielen Kontakten. Da wir keine Westverwandten hatten, wählte sie eine derjenigen Omis aus, die mir alle paar Monate Platten über die Grenze bugsierten. Für am vertrauenswürdigsten befanden wir die alte Frau Schulz, die nach dem Krieg in sowjetischer Gefangenschaft gewesen war und bei jedem Besuch meiner Mutter über das System schimpfte. Doch selbst bei ihr blieb ein Restrisiko, denn auch sie konnte bei den Grenzkontrollen bis auf die Unterhosen gefilzt werden. Ich musste den Brief also vorsichtig formulieren.

Nach einigen Entwürfen schrieb ich Emilia, dass sie mir fehle, ich sie weiterhin liebe und todtraurig sei, vorerst nicht mehr mit ihr zusammen sein zu können. Natürlich äußerte ich auch mein Unverständnis und meine Enttäuschung über ihre Flucht und ihr fehlendes Vertrauen. Ich fühlte mich verdammt noch mal hintergangen! Und ja, ein bisschen Ärger hatte es schon gegeben. Ich musste zu einer Fete mit Graumänteln, formulierte ich, wo ich unvermittelt auf einen Grill geschmissen wurde – außen scharf angeröstet, innen blutig. Schließlich drückte ich ihr noch die Daumen für ihre Prüfung in München und versprach, mich regelmäßig um ihre Mutter zu kümmern.

Frau Schulz beförderte den Brief problemlos in einem Buch über die Grenze. In West-Berlin klebte sie eine Briefmarke drauf und warf ihn in einen Briefkasten. In den nächsten Wochen schrieb ich Emilia noch eine

Handvoll weiterer Briefe, bekam aber nie eine Antwort.

Die Zeit verging. Ich startete in mein Abendabitur und stürzte mich in die Arbeit auf der Kinderreha. Es tat gut, meine Strategie der Verdrängung damit zu flankieren, etwas Nützliches zu tun. Unser Team bestand aus zwei Schwestern und einem halben Dutzend Anwärtern auf das Medizinstudium.

Am wichtigsten aber waren die Kinder. Ich betreute ein Zimmer mit drei schwerbehinderten Mädchen. Wir brachten so viel Sinn und Spaß in ihr Leben, wie sie es anderswo vermutlich kaum erfahren hatten. Jeder Bastelstunde, jeder Mahlzeit versuchten wir, etwas Außergewöhnliches einzuhauchen. Wir feierten sogar mit den Mädchen in ihren Familien Geburtstag. Aber auch ich erfuhr Sinn und Spaß in dieser Arbeit. Zum ersten Mal im Leben hatte ich das Gefühl, am richtigen Ort zu sein und etwas zu tun, das ich für den Rest meines Lebens tun wollte.

Dennoch blieben mir die dunklen Wegbegleiter der letzten Monate treu: Einsamkeit, Verzweiflung, bittere Erinnerungen an den Stasiknast und allen voran Sehnsucht. Meine Gesundheit litt zunehmend darunter. Ich hatte ständig Magenschmerzen, Migräne und Schwindelgefühle. Besorgt über meinen Zustand, veranlasste meine Mutter Blutuntersuchungen und obendrein eine widerliche Magenspiegelung, in deren Folge ich regelmäßig Tabletten schlucken musste.

Ich versuchte, die Dämonen mit Arbeit zu verdrängen. Oft lernte ich bis tief in die Nacht für mein Abitur. Dabei verging keine Stunde, in der ich nicht an Emilia dachte und mich in Selbstgesprächen mit ihr verlor. Liebte sie mich überhaupt noch? Schrieb sie mir keine Briefe oder kamen die nur nicht an? Im Morgengrauen weinte ich mich bei offenem Fenster und zurückgezogenen Gardinen in den Schlaf.

In der Klinik vertraute ich bis auf Matthias niemandem. Er stammte aus einer evangelischen Familie, die aktiv Opposition unter dem Dach der Kirche betrieb. Ihm hatte ich sogar von meiner Inhaftierung und der geplanten Ausmusterung erzählt. In Sachen Armee war er ein Bruder im Geiste und längst vom Dienst aufgrund einer Allergie gegenüber zu starker körperlicher Belastung freigestellt.

Was die Anwärter auf einen Studienplatz anging, standen wir naturgemäß in Konkurrenz zueinander. Einige biederten sich beim Chef an und pflegten Kontakte zum Magistrat, um ihre Chancen zu erhöhen.

Während eines ruhigen Dienstes verzogen Matthias und ich uns einmal in ein verwaistes Zimmer und analysierten unsere Kollegen und ihre Strategien.

„Mocke geht mir auf die Nerven", schimpfte er. „Der hängt jeden gottverdammten Tag am Telefon und kaut der Rössing im Magistrat ein Ohr ab. Diese selbstgefällige Kröte!"

Lars Mockenhaupt war der Sohn eines bekannten Psychiaters aus Halle und ein Frauenschwarm auf Station, mit dem ich nichts anfangen konnte.

„Oh ja, Frau Rössing", äffte ich Lars nach, „darüber weiß ich sehr gut durch meinen Vater Bescheid. Das Problem Ihres Sohnes ist eine Entscheidungsparalyse.

Versuchen Sie doch mal bla, bla, bla. Und Sie sind ganz sicher, dass es mit meiner Zulassung noch '88 klappt?"

„Am meisten aber stört mich, wie der immer um Veronika rumschwänzelt."

„Die ist doch beim Verein, oder?", warf ich ein.

„Wahrscheinlich."

„Im Ernst, Matthias, der Buschfunk funktioniert. Ich hab gehört, dass Veronika vor vier Jahren mit einem Wessi nach Wuppertal durchgebrannt ist. Heiße Liebe und so. Aus irgendeinem Grund ist sie aber nach drei Wochen wieder zurückgekehrt."

„Und ist nicht in den Knast gegangen? So was gibts doch gar nicht."

„Wenn du die passenden Papiere unterschreibst, geht alles. Vor ihrer Zeit in Wuppertal hat sie als einfache Schwester in Magdeburg gearbeitet. Danach wurde sie zur Stationsschwester befördert und hat hier in Buch dann die Kinderreha mit uns Medizinanwärtern übernommen."

Matthias spitzte die Lippen, nickte und zog an einem Unterlid. Wir wussten, die Stasi war unsere Vorgesetzte.

Im Dezember lag eine Postkarte vom Wehrkreiskommando in meinem Briefkasten. Am Dienstag, dem 20. Januar 1988, sollte eine entscheidende Weiche für mein Leben gestellt werden, denn das war der Tag meiner Musterung. Meine Mutter hatte das Prozedere mit Doktor Schmidt und Oberstleutnant Hagedorn inzwischen abgestimmt. Dennoch, die Angst, die Krakenarme der Stasi könnten das kleine, fein gesponnene Ausmusterungsnetzwerk womöglich ausheben und mir einen Strich durch die Rechnung machen, drohte meine Gesundheit endgültig zu ruinieren. Frau Doktor Wittenborn musste die Dosis des Medikaments gegen Magengeschwüre verdoppeln.

Alex hielt den Armeedienst für gestohlene Lebenszeit. Nicht eine einzige Erfahrung dort sei es wert, gemacht zu werden, schrieb er mir aus Eggesin. Auch die gern beschworene Kameradschaft bei der „Asche" sei ein Mythos und in gewisser Weise Selbstschutz und Verdrängung. Seine Briefe zierten oft selbst gezeichnete Motive von Louis de Funès oder Ernie und Bert aus der Sesamstraße. Zwischen seinen witzigen Zeilen las ich jedoch großen Frust. Während eines Urlaubs vertraute er mir an, es sei ein Fehler gewesen, zur NVA zu gehen. Er hätte vorher einen Ausreiseantrag stellen sollen.

Mit schlotternden Knien und durch meine Sorgen zermürbt betrat ich das Gebäude des Wehrkreiskommandos in Pankow. Ich legte die Postkarte mit dem Vermerk *Einberufungsüberprüfung* vor und gab meinen Personalausweis und die ärztlichen Atteste ab, die mein „schweres Asthma" dokumentierten. Dann nahm ich im Wartezimmer mit den andern Jungs Platz und polkte mir drei Stunden lang Schuppen von der Kopfhaut.

Endlich rief mich die Schwester in den Untersuchungsraum und begann, die üblichen Tests mit mir durchzuführen. Als ich Doktor Schmidt sah, fiel mir ein Fels von der Brust. Er selbst nahm den Sehtest anhand von Tafeln mit mir vor.

„So, und jetzt mal mit dem linken Auge zwinkern,

bitte“, wies er mich an, und obwohl ich nicht verstand, was er mit der Übung bezweckten wollte, folgte ich konzentriert.

„Und jetzt das rechte bitte. Nein, zwinkern, Herr Wittenborn, nicht kneifen! Etwa so hier.“ Schmidtmann zwinkerte einmal konspirativ mit dem linken Auge. „Ich höre Sie jetzt noch ab und dann …“

Den Satz ließ er unvollendet. Stattdessen vollführte er eine vielsagende Geste mit seiner Hand.

Das kalte Stethoskop berührte meine Rückenhaut, verharrte, wechselte die Position und wurde schließlich so fest aufgedrückt, dass es fast schmerzte.

„Ach du meine Güte“, stieß er todernst hervor. „In Ihnen pfeift es ja wie Sturmböen auf dem Mount Everest. Es wird wirklich Zeit, dass bald bessere Asthmasprays auf den Markt kommen. Sie Armer.“

„Ich sage Ihnen“, spielte ich mit, „ich schaffe kaum noch eine Runde im Stadion ohne umzukippen.“

„Kann ich mir vorstellen.“ Er schlug mir aufmunternd auf die Schulter. „Ich mache Ihre Akte fertig und dann sehen wir uns vor der Kommission zwei Türen weiter.“

Die Kommission bestand aus dem Vorsitzenden, Oberstleutnant Hagedorn, Doktor Schmidt und einer Amtssocke aus dem Rat des Stadtbezirks, die mit halb geschlossenen Augen vor sich hindöste. Das Quartett komplettierte ein Herr Meyer in einem hässlichen karierten Oberhemd, der wahrscheinlich die Stasi vertrat.

Hagedorn hielt die Kartei in den Händen, die über mein Schicksal entschied. Seine Augen erforschten mich, sie blickten durchdringend.

„So, Herr Wittenborn, wir sind hier zusammengekommen, um aufgrund der medizinischen Untersuchung Ihre Diensttauglichkeit festzustellen. Darüber hinaus entscheiden wir anhand des Ergebnisses, zu welcher Waffengattung der Nationalen Volksarmee wir Sie einteilen.“

Über sein nadelscharfes, erfahrenes Gesicht huschte ein weicher Zug.

„Nur, da gibt es ein Problem“, fuhr er fort und hielt meine Akte etwas höher. „Aus Ihren medizinischen Unterlagen geht hervor, dass Sie wegen eines schweren Asthmas leider nicht für den Wehrdienst geeignet sind.“

„Was? Wie ist das zu verstehen?“, fuhr Meyer hoch. „Der junge Mann sieht doch völlig gesund aus. Das kann doch wohl nicht der Norm entsprechen.“

Eine Gänsehaut überzog meinen Körper.

„Ja, das ist eben die Krux beim Asthma“, erklärte Schmidt sachlich, „äußerlich ist davon nicht das Geringste zu sehen. Aber von einer Minute zur anderen kann sich das ändern.“

„Ach, wirklich? Ich verstehe nicht.“

„Ich selbst habe Herrn Witteborn mehrfach während diverser Notfalleinsätze hohe Dosen Prednisolon spritzen müssen. Manchmal war es ganz schön knapp und wir können von Glück reden, meine Herren, dass der zu Musternde noch nicht erstickt ist und heute vor uns sitzt.“

„Kann man Asthma denn nicht mit Medikamenten so behandeln, dass der Rekrut seinen Dienst doch absolvieren kann?“, wollte Meyer wissen.

„Ein guter Einwand“, meinte Schmidt. „Sie reden von

Asthmakontrolle. Leider lässt sich diese Kontrolle mit den in der DDR zur Verfügung stehenden Mitteln oft nicht erreichen. Wie Sie der Akte entnehmen können, haben die Ärzte schon alles versucht."

Hagedorn schob ihm den Hefter mit meinen fingierten Befunden unter die Nase. Der warf einen Blick auf die Papiere und machte ein Gesicht, als hätte er in das Innere eines Flugzeugcockpits gesehen. Er verzog die Unterkiefer, presste die Lippen aufeinander und nickte schließlich zustimmend.

„Also gut, somit sind wir uns einig über Herrn Wittenborn. Nicht diensttauglich." Hagedorn nahm einen Stempel, schlug meinen Wehrdienstausweis auf, bedruckte in nüchterner Amtsstubenmanier das Dokument und reichte es mir über den Tisch.

AUSGEMUSTERT stand dort. Ich senkte den Blick, lief rot an und hätte Hagedorn und Schmidt am liebsten auf der Stelle abgeküsst.

„Sagen Sie", interessierte sich Hagedorn, „was haben Sie denn nun vor?"

Beschämt senkte ich wieder den Kopf. Zudem fürchtete ich, jedes Wort könnte mich verraten.

„Zurzeit hole ich das Abitur nach und versuche dann, Medizin zu studieren. Bis dahin arbeite ich auf einer Station mit behinderten Kindern."

„Na, das ist doch aller Ehren wert", sagte Hagedorn und stieß Meyer an. „Hören Sie, ein junger Mann, der sich hochmotiviert im Bereich Medizin für den Sozialismus engagiert. Wenn ich Ihnen einen Tipp geben darf, Herr Wittenborn, vielleicht gehen Sie nach dem Studium in die

Asthmaforschung.“

„Ja, eine gute Idee“, sagte ich.

„Was immer Sie auch tun, wir wünschen Ihnen jedenfalls alles Gute!“

Überwältigt vor Glück und Erleichterung rannte ich aus dem Gebäude. Draußen regnete es in Strömen, aber ich genoss jeden einzelnen Tropfen auf meiner Haut. Seit Emilias Flucht hatte ich mich nicht mehr so gut gefühlt. Ich kaufte ein paar Bier, besuchte Matthias und wir begossen das Ereignis. Ich fühlte mich, als habe mir erneut jemand das Leben gerettet.

Mein Glücksgefühl hielt nicht lange an. Eine Woche nach der Ausmusterung bekam ich einen Brief. Er wurde mir von einer Botin persönlich übergeben.

Frau Stenzel passte mich vor unserer Haustür ab, als ich vom Dienst nach Hause kam. Sie trug einen Mantel mit aufgedrucktem Pelzmuster, darunter einen verspielten pinkfarbenen Blazer und alle möglichen Ketten, Kreolen und Ringe. Lediglich die schwarze Hose brachte einen Tupfer Ruhe in den Look, der nicht in den grauen Ostalltag passte. Ich wusste sofort, die aufgedonnerte Frau stammte aus dem Westen.

Sie stellte sich mir als Julias Tante vor. Für eine gute Nachricht wirkte sie zu ernst.

„Ich war zu Besuch bei meiner Schwester in Premnitz und bringe Ihnen wieder einen Brief von Emilia.“

Mein Gesicht verlor vermutlich sämtliche Farbe.

„Das ist sehr nett von Ihnen“, quetschte ich hervor.

„Leider kann ich Sie nicht hereinbitten. Die Stasi hat mich

auf dem Kieker.“

„Ah, verstehe. Wo können wir ungestört reden?“

„Am besten, wir gehen in den Park“, sagte ich und sah mich um. Die Luft schien rein zu sein.

Unterwegs erzählte sie mir von Julia, die inzwischen zur Assistentin im Management bei Henkel aufgerückt war. Sie sei gar nicht mehr wiederzuerkennen und extrem ehrgeizig. Frau Stenzels stolzer Bericht über ihre Nichte interessierte mich nicht im Geringsten. Mich interessierte nur eins: Emilia.

Im Park setzten wir uns auf eine Bank, wo Frau Stenzel den Brief aus ihrer schicken Handtasche zog und mir überreichte.

„Bei Emilia in München scheint es Probleme zu geben. Wir machen uns große Sorgen. Aber lesen Sie erst mal selbst.“

Ich sah mich möglichst unauffällig noch einmal nach Spionen um und las Emilias Zeilen.

Zu meiner Erleichterung stand in dem Brief, wie sehr sie mich liebte und vermisste. Auch die Aufnahme an die Otto-Falckenberg-Schauspielschule in München hatte sie geschafft.

Es ist ein Intensivstudium fast ohne Freizeit. Ich fühle mich ständig überfordert zwischen Theorie, technischer Präzision der Akrobatik und der verlangten künstlerischen Selbstfindung. Darauf legt die Schule sehr viel Wert. Der hohe Anspruch macht es nicht gerade leichter und manchmal habe ich das Gefühl, ich bin für dieses Studium nicht gut genug. Ich werde auch immer schlechter.

Regelmäßig stecke ich in der Krise und versinke dann in einem finsteren Loch.

In der Seminargruppe können wir ganz gut miteinander. Trotzdem fühle ich mich als Außenseiterin. Niemand, mit dem ich mal reden kann. Weißt du, ich habe gar keine richtigen Freunde hier.

Weil meine Leistungen immer mehr abrauschen, hat auch einer der Dozenten leichtes Spiel gegen mich. Der Typ erinnert mich jeden Tag mehr an meinen Vater. Ungeduldige Seufzer, wenn ich was verhaue, missbilligende Blicke, gehässige Andeutungen, Emilia aus der DDR und so. Bei den Aufführungen „Weihnachten für Kinder" habe ich nicht mal eine Nebenrolle bekommen. Ich hasse den Typen!

Hoffentlich sehe ich dich bald wieder. Du hast mir immer so geholfen, wie damals, als du meinem Vater die Stirn geboten hast und mit nach Rathenow ins Krankenhaus gekommen bist.

Untergekommen bin ich jetzt in einer WG mit drei Mädchen, die die kleine Ossi leider auch nicht ernst nehmen und bei jeder Gelegenheit schneiden. Da bleibt mir nur, mich in mein Zimmer zu verziehen. Aber vielleicht haben sie ja recht und ich bin wirklich nicht viel wert. Hat mein Vater schließlich auch immer gesagt. Und vielleicht hatten auch die Typen bei der Ernst Busch recht, mich durch die Prüfung krachen zu lassen.

Inzwischen bin ich zu einer richtigen Frustfresserin geworden, zu einem kleinen Wonneproppen. Du würdest mich wahrscheinlich kaum wiedererkennen. Heulen und fressen, das macht man, wenn man sich verlassen und *einsam fühlt.*

Eigentlich möchte ich so nicht weiterleben. Alles ist so schrecklich sinnlos. Manchmal denke ich, es ist das alles nicht wert. Ohne dich kann ich Freude und Hoffnung nicht mehr empfinden. Bitte, mein Liebster, komm bald rüber zu deiner Emilia! Ja? Ich drehe sonst noch durch!

Wäre ich bloß nicht abgehauen! Ich bereue das zutiefst. Weißt du, was mein größter Traum wäre? Wir beide an einem verregneten Novembertag in Premnitz. In Julias Datsche würden wir dann richtig einen draufmachen.

„Sie ist dort noch nicht angekommen", unterbrach mich Frau Stenzel.

Ich hörte sie nicht, konnte meine Augen nicht von dem Stück Papier abwenden und kämpfte mit den Tränen.

„Vor allem mit den Mädchen in ihrer WG kommt sie wohl nicht zurecht", fuhr Julias Tante fort. „Emilia ist so verändert, so pessimistisch. Sie bräuchte jemanden, einen jungen Freund, der sie an die Hand nimmt und auf einen anderen Weg führt. Verstehen Sie?"

Langsam hob ich den Blick von Emilias Brief und nahm die Umgebung wieder wahr.

„Ja, ich verstehe", antwortete ich mit erstickter Stimme.

24

Der Brief bestärkte mich in meiner Entscheidung, in den Westen zu gehen. Ich musste unverzüglich nach München und Emilia in ihren schweren Stunden beistehen. Jede Faser meines Körpers signalisierte mir, dass sie vor einem Abgrund stand und dringend Hilfe brauchte. Die Uhr tickte.

Natürlich würde es mir unendlich schwerfallen, alles zurückzulassen: meine Eltern, Moni, die Kinder auf Station, meine Freunde und ja, auch Sir Henry. Das Medizinstudium hingegen konnte ich verschmerzen, denn das ließ sich bestimmt genauso gut drüben erreichen.

„Sie wollen also in den Westen kommen?", nahm Frau Stenzel meine Antwort auf.

„Genau", antwortete ich entschlossen. „Richten Sie Emilia bitte aus, dass ich sobald wie möglich bei ihr sein werde."

„In Ordnung. Das ist die richtige Entscheidung, Ihrem Mädchen zu helfen. Ich würde das Gleiche tun, wenn ich Sie wäre."

„Allerdings habe ich nicht die blasseste Ahnung, wie ich das anstellen soll."

Nun war es an Frau Stenzel, sich argwöhnisch in dem kahlen Park umzusehen. Sie leckte sich über die Lippen und rieb sich die Hände. „In dieser Beziehung können wir Ihnen vielleicht helfen. Seit Julias überstürzter Flucht helfen wir dabei, Menschen aus dem Osten möglichst sicher in den Westen zu holen. Das ist uns ein Anliegen. Mein Mann ist Geschäftsmann und hat entsprechende

Kontakte geknüpft. Wir waren sehr vorsichtig, da die Stasi viele Fluchthilfeorganisationen unterwandert hat." Sie senkte ihre Stimme. „Unser sehr kleiner, vertrauenswürdiger Kreis kann gefälschte West-Reisepässe besorgen. Mit einem solchen Dokument könnten Sie dann beispielsweise über die Tschechei oder einen anderen Ostblockstaat ausreisen."

„In die ČSSR zu reisen, wird sich sicher einrichten lassen, aber alles andere übersteigt meine Vorstellungskraft. Wie soll das vor sich gehen?"

„Die Sache läuft so", erklärte Frau Stenzel. „Einer unserer Leute reist mit seinem eigenen Pass in die Tschechei und wieder zurück nach Deutschland. Den übergibt er anschließend sofort einem Spezialisten, der den Einreisestempel kopiert und in die gefälschten Papiere überträgt. Dann muss der Pass rasch zum Empfänger im Osten. Natürlich ist eine gewisse Eile geboten."

„Warum?"

„Weil der Einreisestempel datiert ist und die Ausreise nicht Wochen danach erfolgen darf."

„Vielleicht bin ich ja ein bisschen vernagelt, aber wie kommt ein tschechischer Einreisestempel in einen gefälschten Reisepass?"

„Dazu sind relativ teure Chemikalien aus Amerika nötig, auch spezielle Aluminiumplättchen mit einer lichtempfindlichen Schicht. Der Experte kann damit Stempel eintragen und entfernen ohne Spuren zu hinterlassen. Für die Grenzer ist der Unterschied nicht feststellbar."

„Von der Methode habe ich noch nie gehört."

„Das liegt daran, dass es bisher immer reibungslos

funktioniert hat. DDR-Bürger können mit unseren Pässen als angebliche Westdeutsche ungehindert ausreisen."
Sie klimperte mit ihren großen Augen und sah mich lächelnd an. „Also, sind Sie bereit für diesen Schritt?"

„Ja, sicher", sagte ich und presste die Lippen zusammen. „Aber ist das nicht alles mit hohen Kosten verbunden? Amerikanische Chemikalien, Fotoplatten, die Reise in den Ostblock und die Fälschung? Ich meine, wer bezahlt die ganze Sache?"

Frau Stenzel nestelte an ihren Goldkreolen herum. „Darüber reden wir, wenn Sie in Hamburg sind."

„München." Ich umfasste ihren Arm. „Wie teuer wird das für mich?"

„Das kann ich nicht so genau sagen. Sie können die Summe aber bequem abzahlen, wenn sie drüben eine Arbeit gefunden haben."

Irgendwie stank mir die Schlepperbande und die Tatsache, nicht zu wissen, welche Kosten auf mich zukamen. Mein Bauch rebellierte dagegen. Aber hatte ich eine Wahl?

Wir kamen überein, meine Flucht während der DDR-Winterferien durchzuziehen. Am Mittwoch, dem 10. Februar 1988, würde ich in Prag in ein Flugzeug nach Frankfurt am Main steigen. Vorher sollte ich meine Kontaktperson am Grab von Franz Kafka auf dem neuen Jüdischen Friedhof treffen.

Ich holte Passbilder aus der Wohnung, von denen ich glücklicherweise noch zwei wegen des Wehrdienstausweises vorrätig hatte, und übergab sie Frau Stenzel. Sie verbot mir ab jetzt sämtlichen Briefverkehr oder gar

Telefonate mit Emilia, um die Flucht nicht zu gefährden. Dann verabschiedeten wir uns mit ernsten Mienen.

Ich hatte noch knapp drei Wochen Zeit für die Vorbereitungen. Bis auf die Reise nach Prag gab es allerdings kaum etwas zu planen, denn ich konnte so gut wie nichts in den Westen mitnehmen. Ich durfte vorher auch nichts verkaufen, was sich zu Westgeld hätten machen lassen. Damit wäre ich aufgefallen. Selbst Fotos waren ein heißes Eisen. Wer schleppte schon Familienalben mit in den Urlaub? Dennoch steckte ich ein paar Aufnahmen, die mir besonders am Herzen lagen, in den *Fänger im Roggen* und hoffte, an der Grenze nicht gefilzt zu werden.

Selbstverständlich musste ich allein reisen. Einem Begleiter hätte dasselbe Schicksal gedroht wie mir nach Emilias Flucht. Mein dünner Plan war, mich in einem Abteil mit einer Gruppe anzufreunden und mich so nicht als Alleinreisender verdächtig zu machen. Meiner Familie wollte ich einen Zettel mit der Lüge hinterlegen, im Harz mit Freunden wandern zu gehen.

Ich tauchte ab und versuchte, meinen Alltag weiterzuleben. Genau das war die Hölle. In mir brodelte es. Ständig hatte ich feuchtkalte Hände, fühlte mich getrieben und durchsetzt von einer Unruhe, als hätte ich Brennnesselsaft in den Adern. Von meinen Magenbeschwerden einmal ganz zu schweigen.

Meine Konzentration stürzte ins Bodenlose. Für die Noten auf dem nahen Halbjahreszeugnis fiel das nicht ins Gewicht. Dank meiner besessenen Arbeit stand ich in allen Fächern auf eins und hätte am Ende der elften Klasse sicher eine exzellente Bewerbung für das Studium abgeben können. Aber das hatte nun keine Bedeutung mehr. Die Schule mit ihren kleinen Problemen kam mir unwirklich vor.

Noch mehr Sorgen als über das Gelingen meiner Flucht machte ich mir um Emilia. Ihre Zeilen voller Resignation, Schuldgefühle, Pessimismus und Hoffnungslosigkeit machten mich beklommen. Ich konnte es kaum erwarten, in den Zug nach Prag zu steigen. In Tagträumen gefangen, starrte ich stundenlang vor mich hin. Längst war ich in Gedanken bei ihr, nahm sie in die Arme und hielt ihre Hände.

Sobald Moni am nächsten Tag zur Arbeit gegangen und ich allein war, packte ich meine Sachen und versteckte die Tasche in einer Ecke im Kleiderschrank. In den letzten Tagen vor meinem Aufbruch unternahm ich eine Abschiedstour durch die Wohnung. Ich blätterte meine Plattensammlung durch, berührte jedes einzelne Cover und überlegte, wie schwierig es im Westen sein würde, sie wiederzubeschaffen. Drüben würde ich zwar das Schlaraffenland vor der Nase haben, aber auf absehbare Zeit kein Geld. Dasselbe tat ich mit meinen Lieblingsbüchern. Dann die Fotoalben, die geschnitzten Figuren aus Ebenholz, die mein Großvater aus Tansania mitgebracht hatte, und die Kiste mit den Briefen. Alle meine persönlichen Dinge zurückzulassen, die mich doch ausmachten, stach mir ins Herz. Was davon würde in der Stasi-Asservatenkammer landen?

Von Freunden und Verwandten schottete ich mich so gut es ging ab. Die provisorische Mauer um mein Leben zerbröselte jedoch gegenüber Moni. Aufgrund der Nähe

in der gemeinsamen Wohnung entging ihr meine Verän-
derung nicht. Als ich mir eines Morgens einen Kaffee aus
der Küche holen wollte, blickte sie über den Rand ihrer
Brille und legte ihr Buch auf den Tisch. Im Aschenbecher
qualmte eine Zigarette. Der Cognac fehlte, das Trinken
hatte sie aufgegeben.

„Meine Güte, bist du in letzter Zeit schlecht drauf“,
stach sie in die Wunde. „Wäre es nicht besser, wenn du
dir die Schnecke endlich abschminken würdest?“

„Kann ich nicht“, gab ich knapp zurück. „Außerdem ist
das erst … das ist jetzt schon fast ein halbes Jahr her.“

„Ganz recht. Das kann so nicht weitergehen, mein
Schatz. Hör auf, ihr hinterher zu jammern. Da findet sich
doch was Neues. Genieße dein Leben und lebe nicht im
Gestern.“

„Ich will so was nicht hören, Moni“, fuhr ich hoch. „Ich
liebe Emilia. Das kann ich doch nicht einfach abschal-
ten.“

Sir Henry kniff den Schwanz ein und blickte mich vorwurfsvoll an. Es hatte den Anschein, als ob er meinen
Plan wittern würde.

„Sollst du ja auch nicht. Aber immerhin war sie es, die
dich ziemlich unvermittelt sitzengelassen hat. Schon vergessen? Von so jemandem würde ich mir ganz bestimmt
nicht meine Zukunft verbauen lassen.“

„Hör jetzt auf!“, fuhr ich sie an und bebte vor Wut.

„Ja, ja, ist ja schon gut“, reagierte sie besonnen. „Aber
versprich mir, dass du keine Dummheiten machen wirst.“

„Was für Dummheiten?“

„Du weißt genau, was ich meine. Wenn du das

versuchst, werden sie dich einkaschen und für viele Jahre in den Knast stecken. Unsereins ist für solche Abenteuer nicht gemacht, genauso wenig wie wir zum Revolutionär à la Fidel geboren sind."

„Ich weiß, mach dir keine Sorgen", wiegelte ich ab und schickte mich an, auf mein Zimmer zu gehen.

„Hey, warte mal!"

Die Tür in der Hand stockte ich und wandte mich noch einmal um.

„Ist dir eigentlich klar", sagte Moni eindringlich, „was mit mir und deinen Eltern passiert, wenn du plötzlich vom Westen aus anrufst? Wirklich, ich habe keine Lust, im Stasiknast zu schmoren. Ich glaube, dann kenne ich dich nicht mehr."

Ich lief rot an, sah auf den Boden und dann in ihre vorwurfsvollen Augen, die ich nicht ertrug.

Sie kraulte den Hund, dessen trauriger Blick meine Verlegenheit noch verstärkte. „Und für Sir Henry gilt das Gleiche."

Am 6. Februar feierte mein Vater seinen Geburtstag. Ich überspielte den Tornado aus Gefühlen, der in mir wütete, trank mir einen an und lachte mit den Gästen über die neuesten DDR-Witze und den Tratsch aus Zepernick, obwohl ich hätte heulen können.

Meine Tante warf mir vielsagende Blicke zu.

Zum Abschied umarmte ich meine Eltern fester, als ich es je zuvor getan hatte. Meine Mutter spürte meine Aufgewühltheit und schob sie auf „den Kummer mit Emilia", den ich noch nicht verarbeitet hätte. Ich war froh, dass sie nicht so klar wie ihre Schwester sah.

25

Der Zug kämpfte sich entlang der Elbe durch einen dichten Vorhang aus Flocken, die unablässig aus einem dunklen Himmel fielen. Das Elbsandsteingebirge versank unter Neuschnee. Auf meiner Fahrt nach Prag sah ich von den markanten Basaltkegeln und der idyllischen Landschaft kaum etwas.

Während der Reise war es mir gelungen, mich mit drei sächsischen Frohnaturen anzufreunden. Sie wollten über die tschechische Hauptstadt für eine Woche zum Skifahren ins Riesengebirge fahren. Ich hatte meine älteste Jeans und einen abgeranzten Pullover an, um möglichst wenig aufzufallen. Die bessere Kleidung für das Wiedersehen mit Emilia steckte in meiner Tasche, in der auch genug Bier für einen Umtrunk zu viert verstaut war. Die Sachsen studierten in Dresden Informatik und waren begeisterte Wandersleute. Ich verteilte das Bier, wir unterhielten uns und spielten Skat.

Die Gewissensbisse meiner Familie gegenüber reisten mit. Ich malte mir das Schreckensszenario meiner Tante und meiner Eltern im Stasiknast in den düstersten Farben aus. In dem Fall würde ich wahrscheinlich aus München zurückreisen und mich stellen, überlegte ich. Ich zappelte auf der Bank herum und suchte draußen im Schneegestöber nach Antworten, die ich nicht fand. Den Sachsen fiel das nicht auf. Sie zogen mich auf, weil ich dauernd verlor.

Als der Zug in Bad Schandau kurz vor der Grenze hielt, sprang ich auf. Ich wollte meinen Plan aufgeben und umkehren. Schon in Berlin hatte ich einige Male davorgestanden, mein Vorhaben abzubrechen und die Fahrkarte in der Toilette hinunterzuspülen. Doch im letzten Moment schob sich wieder das Bild der verzweifelten Emilia vor den Bahnsteig und ich fuhr weiter in Richtung tschechische Grenze.

Obwohl zwischen der DDR und der ČSSR ein visafreier Reiseverkehr bestand, hatte ich Angst vor den Kontrollen. Das war kein Vergleich zu dem, was mir in Prag auf dem Flughafen bevorstand, aber zu stark durften die Grenzer mir nicht auf den Zahn fühlen. Neben der mageren Geschichte, meinem Onkel nach Prag in den Urlaub nachzureisen, hatte ich schließlich noch die Fotos und Zeugnisse dabei, die mich in Erklärungsnot gebracht hätten.

Sowohl die deutschen als auch die tschechischen Beamten, die ins Abteil kamen, ließen sich aber nur die Ausweise zeigen und fragten, ob wir mehr als tausendfünfhundert Kronen oder dreihundert Mark dabeihätten. Wir verneinten und sie zogen weiter. Meine sächsischen Gefährten erwiesen sich als perfekte Tarnung. Sie waren redselig, freundlich und absolut unverdächtig. In ihrem Dunstkreis ratterte der Zug mit mir über die Grenze meiner Verabredung entgegen.

In Prag zog ich in ein heruntergekommenes Hotel, dessen Heizung ausgefallen war. In dicken Pullovern und einer Jacke verbrachte ich die Nacht bibbernd und hellwach auf dem Bett. In kreisenden Gedanken wog ich noch einmal das Für und Wider der Flucht ab. Die vor mir liegende Barriere schien physisch nahezu unüberwindlich und das Verlassen meiner Heimat zerriss mich fast. Ich hatte Kopf- und Bauchschmerzen und mein Herz raste wie nach einem Sprint. Am meisten aber fürchtete ich, das Vorhaben könnte misslingen und ich würde Emilia nie wiedersehen.

Am Morgen vermochte der dünne Kaffeeersatz aus der Hotelküche kaum, die Kälte aus meinen Gliedern zu vertreiben. Die ganze Nacht über hatte es geschneit und draußen herrschte Chaos. Der Schnee reichte mir fast bis zu den Knien. Mühsam stampfte ich zur nächsten U-Bahn-Station und fuhr zum Neuen Jüdischen Friedhof.

Gleich am Eingang wurde an die ermordeten Juden von Theresienstadt erinnert. Betroffen betrachtete ich die Gedenkmauer mit den Namen der Opfer des Holocaust. Wie klein waren dagegen meine Probleme, dachte ich. Zudem schämte ich mich, weil ich nur zufällig eine Kopfbedeckung in Form einer Pudelmütze trug.

Der riesige Friedhof versank im Schnee und viele Grabsteine waren unter Wehen verschwunden. Die von Bäumen gesäumten Alleen schienen endlos. Hektisch kämpfte ich mich durch das Weiß, vorbei an reich verzierten Mausoleen und majestätischen Familiengräbern, die mit Statuen und Inschriften geschmückt waren. Wie sollte ich unter diesen Umständen Kafkas Grab finden? Noch dazu lief mir die Zeit davon. Um zehn wollten wir uns treffen; mir blieben nur noch drei Minuten. Endlich traf ich einen alten, gebeugten Friedhofswärter, der mir mit knappen Gesten den Weg wies. Dann verschwand er wieder.

Keuchend schaffte ich es Punkt zehn zum Treffpunkt. Kafkas Grab hatte die Form eines sechsseitigen Kristalls, auf dessen Vorderseite sein Name und die Namen seiner Eltern eingemeißelt waren. Da ich im Schnee keinen Stein finden konnte, den ich auf sein Grab legen konnte, wischte ich den Grabstein sauber, faltete die Hände vor dem Körper und erwies dem Schriftsteller so meine Ehrerbietung. Was hätte er in meiner Situation getan?

Ich sah mich um. Es schneite ohne Unterlass und der menschenleere Friedhof versank in einer kalten Trostlosigkeit. Mitten in der Stadt war es ein Ort der Stille. Nur in den Baumkronen über mir raschelte es zuweilen und ein Häufchen Schnee rieselte auf mich herab. Ich schüttelte mich, hüpfte auf und ab und klopfte mir den Schnee von der Jacke. Die Kälte fuhr mir allmählich bis in die Knochen und ich zitterte.

Mit jeder Minute potenzierte sich die Strapaze des Wartens. Niemand kam, um mich zu treffen. Verzweifelt lief ich hin und her. Die Zeit verstrich gnadenlos und um elf konnte ich mich kaum noch bewegen.

Für Emilia ertrug ich die Folter. Obwohl ich vermutlich bereits schwarz gefrorene Zehen hatte, wartete ich eine unendlich lange weitere Stunde. Doch nichts geschah. Die Fluchthelfer hatten mich versetzt. Da mein Flugzeug um 14:30 Uhr abheben sollte und ich es ohnehin nicht mehr rechtzeitig zum Flughafen geschafft hätte, gab ich schließlich auf.

Mit letzter Kraft schleppte ich mich in das nächste Restaurant. Ich bestellte böhmischen Sahnerinderbraten mit Knödeln, dazu eine Kanne Tee. Erst während ich aß und trank, begriff ich, dass meine Flucht gescheitert war.

Emotional ausgelaugt und körperlich am Ende, tauchte

ich in die Tiefen der Prager U-Bahn hinab und fuhr zum Hauptbahnhof. Dort stieg ich in einen Zug Richtung Berlin. Ich scherte mich um nichts mehr, auch nicht um die Grenzkontrolle, und fläzte mich in ein leeres Abteil.

Draußen zog die Winterlandschaft so unwirklich wie ein Schwarz-Weiß-Film an mir vorbei, bis plötzlich die Kälte in meine Glieder zurückkehrte. Ich zitterte, meine Zähne schlugen aufeinander und es kam mir vor, als verfolge mich der klirrende Frost vom Friedhof, um mich zu ihm zu holen. Mein Herz raste. In den Tiefen meiner Lunge begann ein quälender Husten und wenig später blieb mir fast die Luft weg.

An den Rest der Fahrt habe ich nur noch vage Erinnerungen. Ich habe keine Ahnung, wie ich nach Hause gekommen bin.

Später, als ich wieder bei klarem Verstand war, erzählte mir meine Tante, dass sie aufgeschrien habe, als ich bewusstlos vor der Wohnungstür lag. Meine eilig herbeigerufene Mutter habe sofort die richtige Diagnose gestellt: Lungenentzündung! Sie hatte mir eine Penicillinspritze in den Hintern gejagt und mir fiebersenkende Medikamente gegeben.

„Nur Hippokrates weiß", meinte Moni, „warum Frau Doktor bei deinem kritischen Zustand keine Klinikeinweisung veranlasst hat. Junge, Junge, wenn das mal nicht hätte schiefgehen können."

„Welcher Tag ist heute?", fragte ich mit dünner Stimme.

„Na, Montag, schon den ganzen Tag lang. Dich hats aber ganz schön erwischt, mein Schatz."

„Welches Datum?“

„15. Februar.“

Fünf Tage waren vergangen! Ich konnte es nicht fassen, solange ausgeknockt im Fieber gelegen zu haben, zu Hause. Schlagartig drängten sich die entscheidenden Fragen in mein Bewusstsein. Was hatte das Arrangement mit den Fluchthelfern zum Scheitern gebracht? Wie ging es nun weiter? Würde ich eine zweite Chance bekommen? Und allem voran die Frage aller Fragen: Wie ging es Emilia?

Ich drückte mich mit den Armen von der Matratze hoch. Es fühlte sich an, als wäre mein Körper mit Bleiplatten behängt. Dennoch hievte ich mit aller Kraft meine Beine über die Bettkante. Als sie den Boden berührten, gaben sie nach wie Pudding.

„Ei jei jei, schön liegen bleiben!“ Im letzten Moment fing meine Tante mich auf und bugsierte mich zurück ins Bett. „Wo willst du denn so eilig hin?“

„Zum Briefkasten“, keuchte ich und wollte mich wieder aufraffen. „Ist was gekommen?“

Sie drückte mich auf die Matratze. „Nein, keine Post von der Schnecke. Und auch sonst nur unbedeutendes Amtszeug.“

Keine Nachricht von Frau Stenzel, keine zweite Chance. Ich musste aber in den Westen – unverzüglich! Resigniert zog ich die Decke hoch bis zum Kinn.

„Mein Gott“, stieß Moni hervor, „was geht hier eigentlich vor? Warum ist dir plötzlich der blöde Briefkasten so wichtig? Emilia hat dir doch in all den Monaten nicht geschrieben.“

„Aber vielleicht jetzt, wo es mir so schlecht geht", quetschte ich hervor und dachte, vielleicht jetzt, wo es *ihr* so schlecht geht.

„Sag mal", wechselte sie das Thema, „wo hast du dich eigentlich rumgetrieben? Den Ausflug mit Matthias in den Harz kaufe ich dir nicht ab. Du konntest noch nie gut lügen."

Ich schwieg und blickte zur Seite.

Moni kümmerte sich rührend um mich. Sie kochte Hühnerbrühe, besorgte frische Säfte und pflegte mich aufopferungsvoll. Je mehr sie mich aufmunterte und verwöhnte, umso größer wurde mein Widerstand, erneut aufzubrechen und meine Familie für immer hinter mir zu lassen. Dennoch war ich fest entschlossen, es zu versuchen, wenn sich die Möglichkeit noch einmal bieten würde.

Wenn ich im Fieber dahindämmerte, träumte ich von Emilia, wobei immer wieder erotische Träume Besitz von mir ergriffen. Einer davon war so real, dass ich hätte schwören können, ihn wirklich erlebt zu haben.

Wir fahren in einem riesigen Hafen mit einem Motorboot. Emilia sitzt entgegen der Fahrtrichtung und steuert, während uns Schiffe entgegenkommen. Ihr Haar weht im Wind, sie lacht und erzählt die gesamte Fahrt über von ihrem Studium. Plötzlich taucht ein U-Boot vor uns auf und der mächtige Turm hält auf uns zu. Ich übernehme das Steuer und reiße es im letzten Moment herum. Die Welle bringt uns fast zum Kentern.

Wir stranden in einer fremden Stadt und finden uns in einem roten Satinbett wieder. Emilia liegt nackt auf mir, wir sind erregt und flüstern uns Zärtlichkeiten ins Ohr. Im Bett neben uns versucht ein dickes Paar, zueinander zu kommen. Der Mann nimmt Anlauf, um auf seine Freundin zu springen, doch es misslingt immer, weil ihm sein Bauch im Weg ist. Die Szene ist grotesk, doch wir können nicht lachen. Im Gegenteil, wir fangen an zu weinen. Dann verändert sich Emilias Gesicht allmählich, bis ich Panik bekomme, weil am Ende eine andere Frau auf mir liegt.

Schweißgebadet wachte ich auf und stürzte Monis Kirschsaft hinunter.

Am nächsten Abend besuchten mich meine Eltern. Beide saßen am Bettrand wie Altvögel um ihr schwächliches Küken. Sie tätschelten ihren Sprössling und verwöhnten ihn mit Delikatessen sowie zwei Originalplatten von Santana, die Frau Schulz aus dem Westen mitgebracht hatte.

„Mensch, Junge, das war ganz schön knapp", meinte mein Vater. „Wir dachten schon, wir müssen unsere Zelte im Krankenhaus aufschlagen. Gott sei Dank hat Mamas Antibiotikum gewirkt. Zieh dich bloß nächstes Mal wärmer an, wenn du im Winter durchs Gebirge wandern willst. Schöne Schnapsidee."

Für die Untersuchung schickte Frau Doktor meinen Vater vor die Tür, wohl auch, um mir Neuigkeiten bezüglich des Medizinstudiums zu verkünden. Sie hörte mich ab, maß Fieber und checkte meinen Kreislauf.

„Wenn dein Zeugnis bis zum Ende der Elften so gut bleibt", schwärmte sie, „klappt es bestimmt mit deiner Bewerbung. Professor Brüggemann sagt, dann kannst du schon nächstes Jahr mit Medizin an der Humboldt-Uni anfangen. Wäre das nicht fantastisch?"

„Ja, Mama, das wär's."

Mein Tonfall und mein Gesicht passten vermutlich besser zu dem, was ich dachte. Erst Monis unglaubliche Fürsorge, dann die liebevolle Zuneigung meines Vaters und jetzt die Euphorie meiner Mutter. Ich hasste mich.

„Was ist denn los? Das sind doch Aussichten, einfach unschlagbar und ein großes Glück!"

„Du hast recht, Mama. Ich fühle mich bloß noch groggy von der Lungenentzündung. Und so richtig glauben werde ich es erst, wenn ich das erste Mal im Hörsaal sitze. Vielleicht schiebt die Stasi ja noch einen Riegel davor."

26

Im Laufe der Woche besuchte mich Matthias. Meinen Harz-Urlaub nahm er mir nicht ab und quittierte meine Ausflüchte mit mehrfachem ironischem Heben der Augenbraue. Schließlich entlockte er mir das Geständnis des eigentlichen Zwecks meiner Pragreise. Es entlastete mich, mit jemandem darüber zu reden.

Alex, der auf Urlaub war, lud seinen Armeefrust bei mir ab. Eggesin sei die Hölle. Was die gestohlene Lebenszeit anging, hatte sich das Bild allerdings aufgehellt. Seine neue Freundin im Dorf erwartete ein Kind von ihm, sodass er seinen Ausreiseantrag zunächst auf Eis gelegt hatte. Von Katarina war nicht mehr die Rede.

Ansonsten verging die Zeit quälend langsam.

Die Kinder von meiner Station schickten mir einen Marmorkuchen und ein paar aufmunternde Zeilen, was mich rührte. Doch nach wie vor marterten mich die Sorgen um Emilia und ich fühlte mich auch körperlich wie ein Wrack. Nicht einmal auf ein Buch oder Musik konnte ich mich konzentrieren. Ich vergaß die einfachsten Dinge, rannte beispielsweise dreimal zurück ins Bad, um zu kontrollieren, ob ich den Wasserhahn zugedreht hatte. Bald war ich fest davon überzeugt, dass mein Gehirn nicht mehr richtig funktionierte. Mich plagte die Angst, zu verblöden oder an erblichem Alzheimer zu leiden.

Vom tagelangen Liegen und den Problemen wurden meine Schultern und mein Hals bretthart. Der Druck in meinem Kopf drohte, ihn zum Explodieren zu bringen. Durch die Erschöpfung fielen mir dauernd die Lider zu und ich konnte nicht aufhören zu gähnen, fand jedoch keinen Schlaf. Und wenn ich endlich einmal oberflächlich dahindämmerte, träumte ich wirres Zeug.

Die größte Kraftanstrengung des Tages war es, die drei Stockwerke runter zum Briefkasten und wieder hinauf zu steigen, bevor Moni vom Dienst zurückkehrte. Auf jeder Etage musste ich eine Minute pausieren, um Herz und Atem heruntertouren zu lassen. Die ersehnte Post von Frau Stenzel blieb aber aus.

So vergingen die Tage, bis es am Freitagvormittag unverhofft klingelte. Vor der Wohnungstür stand – Frau Stenzel. Sie trug wieder ihren Pelzmustermantel und war aufgedonnert wie zu einem Bummel mit ihren Freundinnen in Hamburgs Zentrum. Ich stürzte im Bademantel zum Treppengeländer und spähte hinunter, ob ihr jemand gefolgt war.

„Keine Sorge, junger Freund", sagte sie und schüttelte den Kopf, „ich weiß, wie man Verfolger abschüttelt. So was mache ich nicht zum ersten Mal."

Ich legte den Finger auf die Lippen, zog sie schnell in die Wohnung, führte sie ins Wohnzimmer und bot ihr einen Kaffee an. Dann legte ich eine Platte von Uriah Heep auf und drehte die Lautstärke hoch. Das hatte ich aus einem Film, aber ich war mir sicher, dass es auch gegen potenzielle Stasi-Wanzen half.

„Was in aller Welt ist in Prag schiefgelaufen? Ich bin fast erfroren und habe mir eine Lungenentzündung geholt."

„Ach, hören Sie bloß auf. Das war höhere Gewalt. Der Flieger mit unserem Kontakt ist in Frankfurt eingeschneit. Leider kann bei solchen Aktionen auch mal was schieflaufen."

„Wie soll es jetzt bloß weitergehen?", fragte ich verzweifelt. „Und vor allem, wie geht es Emilia?"

„Soweit wir wissen, gut." Frau Stenzel klopfte zweimal auf mein Knie und sah mich aufmunternd an. „Übernächsten Dienstag, das ist der erste März, haben wir in Warschau ein neues Arrangement für Sie vorbereitet. Um elf treffen Sie unsere Kontaktperson am Denkmal der Meerjungfrau. Die steht mitten auf dem Altstadtmarkt. Können Sie gar nicht übersehen. Diesmal läuft ganz bestimmt nichts schief. Von Warschau aus fliegen Sie zunächst nach Wien, von da aus geht es dann mit dem Zug weiter nach München. Alles klar soweit?“

„Ja, ja“, bestätigte ich, „aber was heißt, es geht ihr gut? Hatten Sie Kontakt zu Emilia? Haben Sie ihr ausgerichtet, dass ich zu ihr kommen werde?“

„Alles kommt in Ordnung, junger Freund. Nur die Geduld jetzt.“

Frau Stenzels gekünstelte Art fiel mir auf die Nerven. Wahrscheinlich war sie einfach nervös, so wie ich auch.

„Bitte richten Sie Emilia aus, dass ich schon so gut wie unterwegs bin. Übernächsten Diensttag haben wir uns wieder. Sagen Sie ihr das, bitte!“

„Offen gestanden halte ich das für keine gute Idee. Eine Unbedachtheit, ein Anruf, und die Sache scheitert im letzten Moment. Es kann gut sein, dass Emilia überwacht wird. Die Stasi hat auch in München Kontakte. Also vermasseln Sie’s nicht!“

Ich bedankte mich artig, aber irgendwie blieb diese Frau mir fremd. Nachdem sie gegangen war, betete ich, dass sie unbehelligt in den Westen zurückkehrte.

Von diesem Zeitpunkt an wollte ich niemanden mehr sehen. Ich verschanzte mich hinter meiner Krankheit, von der ich mich nur sehr langsam erholte. Das bereitete mir wirklich Sorge, denn in meinem geschwächten Zustand würde ich es selbst mit einem Taxi kaum bis zum Hauptbahnhof schaffen, geschweige denn bis ins Zentrum von Warschau. Deshalb versuchte ich in den verbleibenden zehn Tagen, mit Gymnastik die Schwäche aus meinen Gliedern zu vertreiben. Die Fortschritte waren aber kaum der Rede wert. Selbst ein Spaziergang im Park mit Sir Henry blieb eine Utopie.

Am Montagvormittag brach ich schließlich auf. Der Plan war simpel. Von Berlin aus würde ich mit dem Zug über die Grenze nach Polen fahren, mir in Warschau ein Hotel suchen und Dienstag am Denkmal der Meerjungfrau die gefälschten Ausreisepapiere erhalten. Ich schnappte mir meine Tasche und verabschiedete mich von Sir Henry. Den Morgen über war er unruhig mit eingekniffenem Schwanz in der Wohnung umhergewandert und mir überall hin gefolgt. Als ich ihn kraulte und sagte, dass ich bald wieder zurück sein würde, sah er mich traurig aus großen Augen an und winselte. Es fiel mir unendlich schwer, mich von ihm loszureißen. Zu allem Überfluss begleitete er mich mit seinem anklagenden Blick zur Tür, und sobald ich sie geschlossen hatte, sprang er bellend auf die Klinke.

Ich quälte mich mit der betonschweren Tasche die Treppe hinunter. Aus dem Fenster sah ich das Taxi, das bereits auf mich wartete. Die Sonne schien und ihre Strahlen durchquerten den Flur wie eine Straße, in der Staub tanzte. Vor dem Briefkasten verharrte ich einen Moment, keuchte wie nach einem Sprint und überlegte, ob ich ihn ein letztes Mal öffnen sollte. Was hatte das noch für einen Sinn? Routine, Neugier, Zwang – ich weiß nicht warum, aber ich schloss den Blechkasten auf, die Tür quietschte und ein Brief fiel mir entgegen. Er stammte von Familie Ohm aus Premnitz.

Das Licht ging aus und ich verlor eine Weile das Bewusstsein. Dann stand eine Traube von Menschen um mich herum, jemand klatschte mir auf die Wange und redete mir gut zu. Nachbarn brachten mich zurück in die Wohnung, wo sich Sir Henry verwirrt im Kreis drehte. Eine ältere Dame kochte mir Kakao. In ihrem besorgten Gesicht spiegelte sich mein Zustand.

Als die nette Frau weg war, nahm ich ungläubig den Brief in die Hand und las ihn immer wieder, in der Hoffnung, endlich aus diesem Albtraum aufzuwachen. Doch ich wachte nicht auf. Ich hatte Emilia zum zweiten Mal verloren, diesmal für immer.

Der Brief zerstörte alles. Ich war überzeugt, ihren Tod niemals zu verwinden.

Der Weizen gedeiht im Süden

Postnukleare Dystopie, 2020
Acabus Verlag, ISBN 9783862827367

Ein Atomkrieg hat das Leben in der nördlichen Hemisphäre vernichtet. In einem hochtechnisierten Bunker in den Schweizer Alpen hoffen 300 Überlebende auf eine Zukunft. Doch Getreidepest und ein soziopathischer Killer nehmen dem Bunker die Lebensgrundlagen. Verzweifelt wagt Dr. Oliver Bertram zusammen mit seiner Tochter und einer kleinen Gruppe die gefährliche Flucht hinaus in den nuklearen Winter. Ihr Ziel ist Afrika, der einzige Ort, an dem menschenwürdiges Leben noch möglich scheint. Eine lange Reise durch einen lebensfeindlichen Kontinent liegt vor ihnen, die die Flüchtlinge nicht ohne Opfer hinter sich bringen können.

Spannend und realistisch erzählt Erik D. Schulz in seiner postnuklearen Dystopie von den möglichen Folgen eines Atomkriegs und greift dabei die Umkehr der Fluchtrichtung auf. Der Mut, gegen übermächtige Probleme und Tyrannei zu kämpfen, ermöglicht den Aufbau eines neuen Lebens in Freiheit.
Rheinischer Spiegel

Der Roman ist mit das Beste an postapokalyptischen Endzeiterzählungen, was ich bisher gelesen habe. Eine emotionale Härte – eine ungemein dichte Atmosphärische Spannung – und auch die brillante Charakterzeichnung versprechen eine Unterhaltungsqualität, die überzeugt.
Literaturbühne

Weltmacht ohne Menschen

KI-Roman/Science-Fiction, 2022
Delfy Verlag, ISBN 9783981402278

Philip Rogge gerät zwischen die Fronten zweier Superintelligenzen. Was zunächst wie eine große Verschwörung anmutet, erweist sich als bittere Realität: Ein Konzern strebt mithilfe einer KI unaufhaltsam nach der Weltherrschaft. Doch die Pläne der neuen Mächtigen werden durch eine Naturkatastrophe gestört. Ein Sonnensturm bewirkt einen Blackout und den globalen Ausfall des Internets. Chaos bricht aus. Für Rogge und den exzentrischen Wissenschaftler Friedrich Cannavale ist dies die letzte Chance, der feindlichen Macht die Stirn zu bieten. Ein gnadenloser Wettlauf gegen die Zeit und einen übermächtigen Gegner beginnt. Das Schicksal der Menschheit hängt an komplexen Computercodes und dem Gelingen der Mission. Jeder Fehler hätte fatale Folgen für die Zukunft!

Die Mechanismen menschlicher Bequemlichkeit und kritikloser Akzeptanz zeichnet Schulz erschreckend glaubwürdig. Weltmacht ohne Menschen ist eine spannende und unterhaltsame Lektüre auch für Leser, die keinen Technikpessimismus mögen.
c't Magazin 10/23

www.edschulz.de

facebook.com/ErDSchulz